골
짜
기
의

백
합

일러두기

- 이 책은 Balzac, Honoré de, 『*Le Lys dans la Vallée*』(Project Gutenberg, La Comédie humaine, Volume VII, 2006)를 참고했습니다.

진형준 교수의 세계문학컬렉션

22

골짜기의 백합

Le Lys dans la Vallée

오노레 드 발자크 지음

살림

발자크 사진

프랑스 사진작가 루이-오귀스트 비송이 1842년 촬영한 40대 초반의 발자크. 1839년 발명되어 1860년대까지 널리 사용된 세계 최초의 대중적 사진 촬영술인 다게레오타이프(daguerréotype)를 사용해 찍었다. 리얼리즘의 창시자로 불리는 발자크의 작품은 에밀 졸라, 찰스 디킨스, 귀스타브 플로베르, 잭 캐루악, 헨리 제임스 등 유명 작가뿐 아니라 구로사와 아키라, 에릭 로메르 등 영화감독, 그리고 프리드리히 엥겔스 같은 사상가에게까지 영향을 미쳤다. 발자크는 보수정통주의자로, 민주공화주의자인 빅토르 위고와는 많은 면에서 관점이 반대였다. 그럼에도 당시 사회 현실과 노동계급에 대한 그의 예리한 통찰은 여러 사회주의자와 마르크스주의자의 찬사를 이끌어냈다. 카를 마르크스는 『자본론』에서 발자크의 작품을 계속 언급했으며, 엥겔스는 자신이 가장 좋아하는 작가로 발자크를 꼽았다.

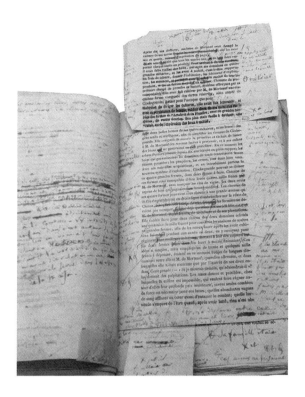

발자크가 『골짜기의 백합』 초판본에 단 주석

1836년 출간한 소설 『골짜기의 백합』 한 쪽에 발자크가 한가득 교정을 보고 주석을 달아놓았다. 발자크는 강박적으로 원고를 수정하는 습관이 있어서, 교정쇄에 고치거나 추가한 내용이 수두룩했다. 때로는 책 출간 중에도 이 과정을 되풀이하여 자신은 물론 출판업자까지 막대한 손해를 보았다. 그 결과 최종 완성된 작품은 흔히 원래 원고와 달랐다. 이런 그의 집착에 가까운 수정 작업 때문에 일부 책은 끝내 미완성으로 남았다. 작업 습관도 독특했는데, 오후 5~6시쯤 가볍게 식사를 하고 자정까지 잠을 잔 다음 일어나 커피를 계속 마시며 다음 날까지 작업했다. 대개 15시간 이상 쉬지 않고 집필했다. 한번은 도중에 3시간만 쉬고 48시간 내리 작업한 적도 있었다고 한다. 글 쓰는 속도도 무척 빨라서 일부 소설은 현대 타자기로 분당 30자를 치는 것과 맞먹는 속도로 집필했다.

「로르 드 베르니 초상 Portrait de Laure de Berny」

프랑스 화가 앙리 니콜라 반 고르프의 18세기 후반경 작품. 『골짜기의 백합』 여주인공 모르소프 부인의 실존 모델인 베르니 부인(로르 드 베르니)을 그렸다. 발자크는 1821년 부모님 집으로 돌아왔을 때 베르니 부인을 처음 만났다. 당시 그녀는 45세였고 9명의 자녀가 있었다. 그러나 연륜과 탁월한 감수성을 지닌데다 여전히 아름다웠던 그녀는 단번에 젊은 발자크를 사로잡았고, 두 사람은 1822년부터 사귀기 시작했다. 베르니 부인은 연인이자 어머니 역할을 했으며 또 작가 훈련도 맡았다. 그녀는 그에게 용기를 주고 조언을 하고 아낌없이 애정을 쏟았으며, 당시의 사회 취향과 관습을 이해하게 이끌었다. 또한 발자크가 돈에 쪼들릴 때는 재정적 후원을 베풀었다. 훗날 발자크는 이렇게 썼다. "베르니 부인은 내게 신과 같았다. 그녀는 어머니, 친구, 가족, 의회였다. 그녀가 (나를) 작가로 만들었다." 그는 『골짜기의 백합』을 그녀에게 바쳤다.

「1814년 8월 29일 시청으로 돌아오는 루이 18세 Réception de Louis XVIII à l'Hôtel de Ville, 29 août 1814」

독일 출신 프랑스 화가 테오도르 호프바우어의 1875~1882년경 작품. 1789년 프랑스혁명으로 쫓겨났던 부르봉 왕가가 나폴레옹이 몰락하자 되돌아와 다시 왕정을 일으킨 1814년, 루이 18세의 복귀 장면을 그렸다. 『골짜기의 백합』은 이 부르봉 왕가의 왕정복고(1814~1830)와 이어진 7월 왕정(1815~1848) 또는 오를레앙 왕조 시기의 프랑스 사회를 묘사하고 풍자한 작품이다. 왕정복고 시대는 완고한 보수 반동 사회로, 시민사회가 끊임없이 불안과 동요에 휩싸였으며, 가톨릭교회가 권력을 다시 거머쥐었다. 7월 왕정 시기에는 신흥 부르주아 계급이 정국을 주도했으며, 아무런 사회적 권리가 없는 노동자들을 동원하여 산업혁명을 진행했다. 결국 수탈과 억압을 견디다 못한 농민과 노동자의 주도로 민중 폭동이 발생했고, 그 결과 1848년 2월혁명이 일어나 왕정이 붕괴하고 다시 공화정이 수립되었다.

『골짜기의 백합』 초판본

『골짜기의 백합』1836년 초판본에 실린 프랑스 화가 에두아르 투두즈의 삽화. 『골짜기의 백합』은 발자크의 『인간희극(*La Comédie humaine*)』 중 '풍속의 연구'라는 테마 가운데 '시골 생활의 장'에 속하는 작품이다. 『인간희극』은 발자크가 91편에 이르는 자신의 작품을 한데 아울러서 붙인 총서 이름이다. 그가 1829년부터 1850년까지 발표한 사실주의, 낭만주의, 판타지, 철학 장르에 속하는 소설, 단편, 콩트, 에세이를 망라한다. 이를 통해 발자크는 당시 사회의 여러 현장과 집단을 체계적으로 탐구하는 '사회의 자연사'를 창조하고자 했다. 다음 세대가 참고로 삼을 만한 자기 시대의 거대한 벽화를 그리고자 했던 셈이다. 그는 『인간희극』에 속하는 작품들을 '풍속의 연구' '철학적 연구' '분석적 연구'라는 세 가지 큰 테마로 구분했다. 그리고 '풍속의 연구'는 다시 '사생활의 장' '지방 생활의 장' '독신자들' '지방의 파리 사람들' '경쟁(질투)' '잃어버린 환상' '파리 생활의 장' '13인의 이야기' '가난한 부모들' '정치 생활의 장' '군대 생활의 장' '시골 생활의 장'으로 분류했다.

골짜기의 백합 차례

1

나탈리 드 마네르빌 공작 부인께

당신의 요구를 들어주기로 했소. 우리가 사랑하는 여인,
특히 우리를 향한 그녀의 사랑보다 그녀를 향한 우리의
사랑이 더 큰 여인은 매번 우리로 하여금 양식에 어긋
나는 일을 저지르게 만드는 특권을 갖고 있는 것 같구
려. 그대들의 이마에 주름이 잡히지 않게 하기 위해, 조
금만 거절을 해도 슬퍼하며 입술이 뿌루퉁해지는 것을
막기 위해, 우리 남자들은 엄청난 거리를 기적적으로 훌
쩍 뛰어넘기도 하고, 우리의 피를 바치고, 우리의 미래

를 희생하기도 하지.

내 과거가 어떠했는지 알고 싶다고? 좋소, 내 다 보여주리다. 하지만 이것만은 꼭 알아주어야겠소. 나탈리, 그대의 말을 따르기 위해 나는 지금까지 성역처럼 지켜왔던 내 삶의 혐오스러운 부분들을 파헤쳐야만 했소.

그런데 당신은 내가 왜 행복에 젖었다가도 갑자기 긴 상념에 사로잡히는지 자주 의아해했지요. 심지어 내가 갑자기 침묵에라도 잠기면 그토록 사랑스러운 모습으로 화를 내기도 했지요. 그냥 내 성격적 결함으로 여기고 이유는 묻지 않은 채 그대로 받아들일 수는 없었던 것인지요? 아니면, 당신도 무슨 가슴속 비밀이 있기 때문인가요? 내 고백을 들은 후에야 당신도 그 비밀을 털어놓고 용서를 빌 수 있기 때문인가요?

어쨌든 당신의 짐작이 맞았소. 내게는 내 마음 깊이 숨겨진 사연이 있소. 그리고 당신이 모든 내 사연을 아는 게 나을 수도 있소. 솔직히 말하리다. 어떤 유령이 내 삶을 지배하고 있소. 작은 암시의 말에도 그 유령은 희미하게 모습을 드러내고, 내 머리 위에서 출렁거리오. 내 마음

가장 깊은 곳에는 무거운 기억들이 묻혀 있다오. 그것들은 마치 고요한 날에 바다 위에서 흘끗흘끗 모습을 보이는 잡동사니 물건들과 같소. 그것들은 폭풍이 일면 파도에 밀려 모래사장에 그 모습을 낱낱이 드러내지.

내 생각들을 제대로 표현하다 보면, 내 기억의 파편들이 당신을 고통스럽게 할지도 모르오. 그 속에 나의 옛 감정들이 나도 모르게 드러날 수 있을 것이기 때문이오.

하지만 잊지 마시오. 당신 말을 고이 따르라고 당신이 내게 위협까지 했다는 것을. 당신의 말을 들었다고 벌을 주지는 않겠지? 내 고백으로 당신의 애정이 더 깊어지기를 바랄 뿐이오. 그럼 저녁에 보기로 해요.

펠릭스

그 누가 이런 애틋한 비가(悲歌)를 들려줄 수 있을 것인가? 어떤 시인이, 어린 시절 주위 사람들에 의해 찢기고 짓밟힌 영혼을 제대로 묘사할 수 있을 것인가? 뿌리 내릴 토양도 없이, 첫 잎사귀를 내밀자마자 증오에 찬 손길에 찢기고, 꽃잎을 피우자마자 서리를 맞아버린 식물처럼, 고통 받은 영혼의 눈물을 먹고 자란 천재만이 그 아픔을 노래할 수 있으리라.

내 어린 시절의 이야기가 바로 그런 것이다. 내게 무슨 정신적 육체적 결함이 있었기에 어머니는 나를 그렇게 냉정하게 대했던 것일까? 나는 우연히 생긴 아이였던가, 아니면 무슨 죄의 결과였던가? 나는 태어나자마자 시골 보모에게 맡겨졌고 3년 동안 가족들에게 잊혀졌다.

다시 가족의 집으로 돌아왔을 때 가족들이 나를 너무 하찮게 대해서 하인들도 나를 동정할 정도였다. 내 형과 누이들도 내 편이 아니었다. 그들은 내 처지를 동정해주기는커녕 나를 괴롭히는 걸 재미로 삼았다. 나는 보통 사람들이 누리는 형제애를 전혀 누리지 못했다. 어린 시절 나는 그 누구의 사랑도 받지 못했다. 당연히 내가 사랑할 대상도 없었다. 나는 모든 애정을 박탈당한 것이다. 그토록 다정한 성격을 타고난 내가!

하지만 나는 약해지지 않았다. 겁을 내고 양보하지 않았다. 그렇게 되면 정신이 타락하고 결국 노예근성이 생기기 마련이다. 반대로 나는 끊임없는 불행에 단련되었다. 나의 불행이 나의 정신에 저항력을 키워주었다.

하지만 내가 겉으로 반항한 것은 아니었다. 나는 언제나 새로운 고통을 맞을 준비가 되어 있었다. 그래서 어린애답지 않게 우울과 체념의 자세가 몸에 배어 있었다. 그래서 나는 저능아로 여겨졌고 나에 대한 가족들의 멸시를 증명해주는 듯했다. 나는 부당한 대접을 받고 있다는 확신에, 속으로 자존심을 키웠다. 그런 자존심 덕분에 나는 그런 환경 속에서도 잘못된 길로 빠지지 않을 수 있었다.

나는 정원에서 조약돌을 가지고 놀거나 벌레들을 관찰하고 푸른 하늘을 바라보면서 유일한 행복을 느꼈다. 외로움 때문에 내가 공상가가 되었다고 볼 수도 있지만, 실은 어느 한 사건이 결정적 계기가 되었다. 그 사건은 어린 시절 내가 얼마나 불행했는가를 잘 보여준다.

모두 내게 아무 관심이 없었기에 가정부조차 나를 잠자리에 들게 하는 일을 깜빡 잊곤 했다. 어느 날 저녁 나는 무화과나무 아래 조용히 앉아서 아이다운 야릇한 열정과 호기심으로 하늘의 별을 바라보고 있었다. 내 누이들은 소리를 지르며 정원에서 놀고 있었다. 나는 밤이 되어 누이들이 안으로 들어간 것도 모르고 그곳에 앉아 있었다.

내가 집 안에서 보이지 않자 어머니가 가정부 카롤린을 불러 물었다. 그 끔찍한 가정부는 꾸중을 면하려고 나를 험담했다. 내가 집을 끔찍이도 싫어한다, 자기가 정신 차려 감시하지 않았다면 나는 벌써 도망갔을 것이다, 나는 멍청한 게 아니라 음흉한 아이라고 일러바친 것이다.

가정부는 내가 어디 있는지 알고 있었다. 그녀는 나를 찾는 칙하며 무화과나무 아래로 와서 내게 물었다.

"여기서 뭘 하고 있는 거지요?"

"별을 보고 있었어."

발코니에서 그 소리를 듣고 있던 어머니가 말했다.

"별은 무슨 별을 보고 있었다는 거냐? 네 나이에 천문학에 대해 뭘 안다고."

그 순간 카롤린이 비명을 질렀다.

"아, 마님! 정원이 물바다가 됐어요. 아드님이 수도꼭지를 틀어놨어요."

실은 누이들이 물을 틀어놓고 장난하다가 자기들에게 물이 튀자 꼭지를 잠그지도 않고 가버린 것이었다. 나는 범인으로 지목되었고 죄를 뒤집어썼다. 결백을 주장하다가 거짓말한다는 혐의까지 덧붙여져 매서운 벌을 받았다.

하지만 내가 받은 가장 무서운 벌이란! 어머니가 별을 사랑한다는 나를 비웃고 정원에 머물지 못하게 했던 것이다. 아이들은 금지된 것을 향해 더욱 강한 열정을 키우기 마련이다. 나는 별을 사랑하다가 자주 회초리 맛을 볼 수밖에 없었다.

나보다 다섯 살이 위인 형 샤를은 지금도 미남인 만큼 어릴 때도 귀여워서 부모의 사랑을 한몸에 받았다. 그는 집안의 희망이자 왕자였다. 몸도 건실하고 튼튼했다. 하지만 나는 허약했다.

형에게는 가정교사가 있었지만 나는 다섯 살에 시내에 있는 한 기숙학교로 통학해야 했다. 심부름꾼이 나를 데려다주고 데려왔다. 괴로운 건 도시락이었다. 친구들의 도시락은 푸짐했지만 내 도시락은 언제나 부실했다. 그들은 내 바구니에 치즈와 말린 과일 따위만 들어 있는 것을 보고는 "너 집이 참 어렵구나"라고 말했다. 그때마다 나는 죽고만 싶었다. 그럴 때면 내가 형에 비해 얼마나 차별대우를 받고 있는지 실감했다.

나는 다른 아이들이 가지고 오는 음식이 탐났다. 어린아이로서는 너무나 당연한 욕망이었다. 어떤 아이가 자기 음식을 내게 건넸다. 내가 손을 내미는 순간, 그 녀석은 고기 바른 빵

조각을 얼른 거두어들였다. 장난을 미리 짰던 다른 아이들이 폭소를 터뜨렸다. 그런 상황에서 아이들은 탐욕스러워지거나 비굴해지기 마련이다. 나는 박해를 피하기 위해 싸웠다. 벼랑 끝에 서 있는 자는 용기로 무장하게 되어 있는 법이다. 그런 나를 친구들이 두려워하게 되었다. 하지만 나는 친구들의 증오의 대상이었고, 그들은 비열하게 나를 괴롭혔다.

어느 날 저녁, 학교에서 나올 때 나는 돌멩이를 감싼 수건으로 등을 맞았다. 나를 데리러 온 심부름꾼이 단단히 복수를 해준 후 어머니에게 그 사실을 알렸다. 어머니는 한탄하며 이렇게 말했을 뿐이었다.

"이 몹쓸 놈은 번번이 말썽만 일으키는구나."

이렇게 어린 시절 나는 철저하게 외로웠다. 그리고 속으로 자존심만 키웠다. 항상 침울하고 남들에게 미움 받고 외톨이로 지내는 나를 선생님은 본성이 악한 아이라고 생각했다.

내가 글을 깨치자마자 어머니는 나를 퐁르부아에 있는, 오라토리오회 수도사들이 운영하는 학교로 보냈다. 나는 그곳에서 8년 동안 거의 천민처럼 지내야 했다. 어쩌다 그렇게 되었냐고? 내 용돈이 한 달에 고작 3프랑뿐이었기 때문이었다.

그 돈으로는 기본적인 학용품들, 즉 펜, 칼, 자, 잉크와 종이들을 겨우 마련할 수 있을 뿐이었다. 놀이에 필요한 것들을 살 수 없었기에 나는 아이들과 놀 수 없었다. 거기에 끼려면 돈 많은 아이나 힘센 아이들 비위를 맞추어야 했을 것이다. 하지만 그 짓은 역겨워서 도저히 할 수 없었다. 나는 나무 밑에 앉아 서글픈 몽상에 빠지거나 책을 읽으며 지냈다.

이렇게 끔찍한 고통의 나날에 하나의 보상이 찾아왔다. 내가 가장 명예로운 두 상, 즉 라틴어 작문상과 번역상을 받게 된 것이다. 나는 부모님께 시상식 날 학교에 와달라고 감상적인 편지를 썼다. 그러나 허사였다. 부모님께서 답장을 안 해주셨기에 시상식 날 나는 헛된 희망을 품고 기대에 부풀어 그분들을 기다렸다. 그러나 그 분들은 끝내 오지 않으셨다. 상을 수여하는 선생님에게 키스를 하는 대신 나는 그의 가슴에 안겨 울음을 터뜨렸다. 나는 그날 저녁 상장들을 화로 속에 던져버렸다.

어린 나이에 나는 내 삶을 저주했다. 내 삶을 저주한 죄를 고백한 날 고해신부가 하늘을 가리키며 "눈물 흘리는 자는 복되도다!"라고 말씀하시면서 나를 위로해주셨다. 첫영성체 때 나는 종교적 가르침에 매혹 당했다. 고통에 빠진 어린 영혼을 정신적인 낙원으로 인도하는 가르침이었다. 그 황홀감 속에서 나는 내 꿈들을 싹틔웠다. 그리고 그 꿈을 통해 내 상상력을 키우고 감수성을 자극하고 사고력을 연마했다. 그 결과 나는 풍부한 표현력을 지닐 수 있게 되었다. 무엇인가 말하고자 하는 게 생기면 머릿속에 그 글이 바로 떠올랐으며 달변의 화술을 구사할 수 있었다.

내 나이 열다섯 되던 해에 아버지는 나를 파리 마레 지구에 있는 학교에 입학시켰다. 나는 능력 시험을 본 결과 중학교 3학년 실력을 인정받았다. 새로운 학교에 갔어도 이전 학교에서 받던 고통은 그대로 계속되었다. 아버지는 내게 용돈을 주지 않았다. 부모님은 나를 먹여주고, 입혀주고, 라틴어와 그리스어를 내 머릿속에 집어넣으면 그만이라고 생각했다.

학교는 전에 호텔이었던 건물을 쓰고 있었다. 오래된 귀족 저택이 그렇듯이 수위실은 별채로 되어 있었다. 쉬는 시간이면 부잣집 자식들은 수위 두아지 씨의 집에 가서 점심을 먹었다. 두아지 씨는 밀수업자 노릇도 하고 있었지만 르피트르 선생은 모른 척했다. 두아지 씨는 우리의 탈선을 은밀히 눈감아 주고, 금지된 책을 빌릴 때 중간 역할을 해주었기 때문에 학생들은 그에게 잘 보일 필요가 있었다.

당시 생필품 값이 무척 비쌌기 때문에 커피 우유를 곁들여 점심을 먹는 것은 사치였다. 아이들 사이에서는 우월감을 보여주는 표시이기도 했다. 부잣집 아이들은 두아지 씨에게 외상으로 그런 호사를 누렸다. 두아지 씨는 우리 뒤에 그 빚을 몰래 갚아줄 이모나 누나가 있으리라 믿고 외상으로 물품들을 주었다. 나는 오랫동안 그 유혹을 뿌리쳤다. 나는 최대한 자제력을 발휘했지만 남들의 멸시를 이겨내기에는 나는 아직 어렸다. 게다가, 어쩌면 나도 사회적 악덕에 조금씩 물들었는지 모른다. 나도 그에게 빚을 지게 되었다.

이듬 해 말경에, 부모님이 파리에 오셨다. 파리에 살면서도 그간 나를 한번도 찾아오지 않았던 형이 부모님의 방문계획을 미리 내게 알려주었다. 누이들을 포함한 우리 가족은 함께 파리를 구경할 예정이었다. 첫날은 루브르 근처에서 저녁 식사를 한 후 프랑스 국립극장에 함께 간다는 계획이 잡혀 있었다. 예상치도 못했던 이런 일정에 나는 가슴이 설레었다. 하지만 마냥 기뻐할 수만은 없었다. 나는 두아지에게 100프랑의 빚이 있었으며 그는 그 돈을 부모님에게 직접 청구하겠다고 나를 협박하고 있었던 것이다.

나는 형을 중개자로 삼았다. 형이 두아지와 합의를 보게 하고 부모님께 내가 참회한다는 뜻을 전하고 용서를 빌어달라고 부탁한 것이다.

형이 사는 곳에서 나는 부모님을 만났다. 아버지는 관용을 베풀려고 했다. 하지만 어머니는 무자비했다. 그녀의 짙푸른 눈은 나를 얼어붙게 했다. 겨우 열일곱 살에 그런 짓을 저지르고 다니면 나중에 뭐가 되겠느냐, 네가 진짜 내가 낳은 아이냐, 네가 집안을 파산시킬 작정이냐, 공부하는 데 설탕과 커피가 무슨 소용 있느냐는 등 어머니는 무시무시한 폭언과 저주들을 퍼부었다. 충격을 받아 얼이 빠진 나를 형이 기숙사로 데려다주었고, 가족과 함께 저녁을 하고 라신의 비극을 감상할 기회도 빼앗겼다. 12년 만의 어머니와의 재회가 겨우 그런 꼴이었다.

고전 학습 과정을 마친 후에도 아버지는 르피트르 선생에게 계속 내 교육을 맡겼다. 고급 수학과 법학 등 고등교육을 받기 시작했던 것이다. 기숙사 1인실에 머물게 되면서 나는 내 비참한 생활도 이제 끝이겠구나 하는 희망을 가졌었다. 하지만 내 나이가 열아홉이 되었는데도 아버지는 예전과 같은 방침을 고수했다. 내게 용돈을 거의 주지 않으셨던 것이다.

돈 없이 파리에서 도대체 무엇을 할 수 있단 말인가! 게다가 내게는 자유도 없었다. 르피트르 선생은 심부름꾼 하나를 내게 붙여 법학 학교에 데려다주고 데려오게 했다. 어머니의 지시에 의한 것이었다. 열아홉 살의 사내가 젊은 처녀 이상으로 몸가짐을 조심해야만 했던 것이니!

아버지는 센강 위의 생 루이섬에 사는 숙모 한 분을 내게 소개해주셨다. 나는 매주 목요일과 일요일에 그분 댁에서 저녁을 먹어야만 했다. 르피트르 선생 부부가 외출하면서 나를 거기 데려갔고 귀가할 때 다시 마차에 태워서 데려왔다. 참으로 이상한 휴일이라고 할 수밖에 없었다.

숙모의 이름은 리스토메르 후작 부인이었는데 그녀는 내게 금화 한 닢 줄 생각은 하지도 않고 격식만 중시하는 귀족이었다. 그녀가 만나고 있는 화석 같은 사람들 사이에서 나는 마치 공동묘지에 있는 기분이었다. 아무도 내게 말을 걸지 않았으며 나도 누구에게 말을 걸 엄두를 내지 못했다. 나는 내 젊음이 부끄러웠다. 내 또래 젊은이들은 지금 마음껏 팔레 루아얄의 환락가, 그 사랑의 낙원을 누비며 지내고 있을 것 아닌가!

나는 그곳을 정말 그리워했다. 모든 위험을 무릅쓰고 그곳으로의 탈출을 계획하기도 했었다. 마침내 내가 팔레 루아얄로의 탈출을 감행하려던 바로 그날 바로 그 순간, 아아, 이 무슨 우연인가! 나는 어머니의 역마차와 맞닥뜨린 것이다. 어머니의 무서운 눈초리와 마주한 나는 뱀 앞에 오들오들 떨고 있는 새의 신세가 되어버렸다.

부르봉 왕가의 귀환을 예견한 아버지가 파리가 위험해지리라고 예견하고 형들과 나를 다시 투르로 데려가기로 결심한 것이었고 어머니는 우리를 데리러 파리로 오신 것이었다. 나는 당장 파리를 강제로 떠나야만 했다. 어머니를 몇 분만 늦게 만났어도 나는 치명적 탈선을 감행했을 것이다.

투르로 내려온 나는 학업에 몰두했다. 억압된 욕망이 끊임없이 자극하는 상상력을 몰아내기 위해서, 또한 지루하기 그지없이 암울한 삶을 잊기 위해서 학업에 몰두한 것이다. 왕성한 혈기의 젊은이들이 청춘사업에 전념할 나이에 나는 학업에 대한 열정 속에 스스로를 가두어버렸다. 그 열정은 나의 숙명이 되었다.

2

 수많은 애환이 담겨 있는 내 청춘에 대한 이 가벼운 스케치는 그 시절의 삶이 나의 미래에 어떤 영향을 미쳤는지 이해하려면 꼭 필요한 이야기다. 그렇게 불행에 짓눌린 삶을 살았으니 내 몸이 제대로 발육하지 못한 게 당연했다. 나는 스무 살이 넘어서도 여전히 작고 마르고 창백했다. 반대로 내 정신은 에너지가 충만했다. 나의 허약한 육체 안에서 내 정신은 꿈틀대고 있었다. 나는 어린 육체에 노숙한 사고를 지닌 존재였다. 많은 책을 읽고 많은 사색을 했기에, 구불구불한 인생의 오솔길에서 만나게 될 난관들이 어렴풋이 눈에 들어올 즈음에 내게는 이미 철학적 안목이 생겼다.

하지만 나는 여전히 사춘기였다. 학업에 몰두하느라 내 또래들처럼 제때 사춘기를 졸업하지 못했기 때문이었다. 따라서 내 남성다움은 이제 갓 피어나려 하고 있었다. 어떤 젊은이도 나만큼 이 세상 만물을 느끼고 사랑할 태세가 되어 있지는 않았을 것이다.

내 이야기는 아직 그런 사춘기에 머물러 있는 사람들에게 들려주는 이야기다. 내 이야기를 제대로 이해하려면 입에 거짓말을 담을 줄 몰라야 한다. 욕망을 억누르는 수줍음의 무게로 눈꺼풀이 내려앉아 눈을 가리고 있어야 한다. 그리고 눈꺼풀에 덮인 눈빛은 솔직해야 하며, 세상의 위선에 물들지 않아야 한다. 가슴속에서는 두려움과 용기가 서로 힘을 겨루고 있어야 한다. 한마디로 인생의 꽃다운 시절로 돌아가야만 한다.

어머니와 함께 파리에서 투르까지 한 여행 이야기는 하지 않으련다. 나는 내 가슴을 열어 어머니께 나의 애정을 보여드렸다. 계모라도 감동시킬 만한 열변이었다. 하지만 어머니는 내가 연극을 한다고 했다. 내가 버림받았다고 불평하면 어머니는 나를 패륜아라고 했다. 가슴이 무너지는 것 같아 루아르 강에 뛰어들려고 다리 위로 달려갔지만 난간이 너무 높아 뜻을 이루지 못했다.

어머니는 내 사랑이 뿌리내릴 수 있는 가슴을 지닌 여자가 아니었다. 그녀는 키 크고 삐쩍 마른, 인정머리 없고 이기적인 그런 여인이었을 뿐이다. 그녀에게는 삶의 모든 일들이 하나의 의무였다. 그녀는 그 의무들을 종교처럼 신봉했다. 그녀가 가지고 있던 약간의 모성애는 형이 다 흡수해버려 내게는 그냥 차갑고 뻣뻣한 여자로 존재할 뿐이었다. 그런 무정한 사람들에게는 무기가 있다. 바로 신랄하게 빈정거리는 버릇이다. 그녀는 아무런 대꾸도 못 하는 나를 비웃음으로써 내게 상처를 주었다.

나는 투르로 오면서 은근히 가족애에 대한 기대를 갖고 있었다. 그러나 어머니의 태도로 인해 그 기대는 여지없이 깨지고 말았다. 나는 절망적으로 아버지 서재로 피신했다. 그리고 처음 접하는 책들을 모조리 읽기 시작했다. 어머니와의 접촉은 피할 수 있었지만 내 정신건강은 악화되었다.

당시 투르에서는 나와는 상관없는 큰 행사가 준비 중이었다. 앙굴렘 공작이 보르도를 떠나 파리로 가게 되어 있었고 그가 지나는 도시마다 환영식이 개최되었던 것이며 투르도 그런 지역들 중 하나였다. 나는 호기심이 동했다. 나는 공작을 환영하기 위해서 열리는 무도회에 가고 싶었다. 내가 용기를 내어 그 뜻을 어머니께 말씀드리자 어머니는 크게 화를 냈다. 아버지와 형은 마침 투르에 없었다.

'너는 도대체 아프리카에서 온 애냐? 우리 집안에서 그 무도회에 대표 한 명쯤 참석해야 한다는 건 너도 알아야 할 것 아니냐. 아버지와 형이 없는 동안 네가 그 무도회에 참석하는 건 의무가 아니냐. 너는 어미도 없는 자식이냐?'라는 것이 어머니의 꾸중의 내용이었다. 아무런 인정도 받지 못했던 아들이 한순간에 중요한 인물이 된 것이다.

나는 어리둥절했다. 하지만 어머니는 이미 내가 입을 옷까지 준비해놓은 상태였다. 나는 난생처음 무도회 복장을 갖추었다. 옷을 근사하게 차려입은 내 모습이 평소와 너무 달라 누이들도 감탄했다.

축제는 투렌에서 열렸다. 너무나 많은 사람들이 모여 있었다. 나는 작은 키 덕분에 파피옹가의 정원에 세워진 천막 안으로 쑥 들어갈 수 있었다. 나는 공작이 앉아 있는 의자 근처까지 사람들을 헤집고 갈 수 있었다. 난생처음 그런 공식적인 축제에 가본 것이니 어리둥절할 수밖에 없었으며 온갖 불빛들과 화려한 장식들과 복장들, 번쩍이는 보석들에 눈이 부셨다.

"앙굴렘 공작 만세! 폐하 만세! 부르봉 왕조 만세!"라고 사람들이 외치고 있었다. 축제는 열광의 도가니였다. 이런 소용돌이 속에 파묻혀 이리지리 밀려다니면서 나도 앙굴렘 공이 되고 싶다는 욕망, 저 군중들 앞에서 자랑스레 서 있는 왕족들의 일원이 되고 싶다는 유치한 욕망이 내게 일었다. 투르 시골뜨기의 그 유치한 소망이 내 마음속에서 야심을 키우는 씨앗이 되었다. 나는 그 환호에서 명예에 대한 갈망을 느꼈다. 그런데 그 야망을 실현시켜줄 여인을 그날 나는 만난 것이다.

나는 너무 소심해서 그 무도회에서 여인들에게 춤을 청하지도 못했다. 춤추다 실수할 것이 걱정되기도 했다. 나는 구석에 아무렇게나 놓여 있는 벤치 끝으로 몸을 피한 채 시무룩하게 앉아 있었다. 그때였다. 한 여인이 마치 둥지 위에 내려앉는 새처럼 내 옆에 앉았다. 왜소한 내 체격 때문에 나를 어머니를 기다리며 졸고 있는 어린애로 착각하고 스스럼없이 앉은 것이다.

즉시 신비로운 여인의 향기가 내 마음속에서 빛을 발했다. 옆에 앉은 그녀를 보는 순간 그녀는 이 화려한 축제 전체보다 더 눈이 부셨다. 그녀는 나의 축제가 되었다. 그대가 그때까지의 내 삶을 이해했다면 내 가슴속에 솟구친 감정을 짐작할 수 있으리라. 나는 그녀의 관능적인 어깨에 매료되어 그 위에 뒹굴고 싶은 충동을 느꼈다. 그녀의 어깨는 마치 처음으로 이 세상에 노출된 듯 수줍은 홍조를 띠고 있었다. 그 분홍빛 어깨에는 영혼이 깃들어 있는 것 같았다. 매끄러운 피부가 햇빛 아래 비단처럼 반짝였다.

내 눈은 대담하게 아래로 미끄러져 내려갔다. 심장이 두근거렸다. 나는 상반신을 더 잘 보려고 몸을 곧추세웠다. 얇은 천으로 정숙하게 덮여 있는 가슴이 눈에 들어왔다. 완벽하게 둥근 젖가슴이 물결 모양의 레이스 속에 푸른빛을 띠고 포근하게 누워 있었다. 나는 매혹 당했다.

나는 시선을 위로 향했다. 머리 쪽 세세한 부분들이 모두 나를 유혹했다. 솜털이 난 목 위로 매끈하게 내려온 머릿결 하나하나에 내 정신은 아득해졌다.

나는 주변을 둘러보았다. 아무도 나를 보고 있지 않다. 나는 마치 아이가 어머니 품속으로 뛰어들 듯 그녀의 등에 달려들어 머리를 부비며 어깨에 입맞춤을 퍼부었다. 여인은 날카로운 비명을 질렀지만 시끄러운 음악 소리에 묻혀버렸다. 그녀는 고개를 돌리더니 나를 보고 말했다. "아니, 이분이!"

아, '이분'이라니! 만약 그녀가 "꼬마야, 너 갑자기 왜 그러니?"라고 했다면 그녀를 죽였을지도 모른다. 나는 '이분'이라는 말을 듣고 뜨거운 눈물이 솟았다. 거룩한 분노에 사로잡힌 그 눈빛과 왕관 같은 잿빛 머리카락에 둘러싸인 그 눈부신 얼굴을 보고 나는 얼어붙어 있었다. 그녀의 얼굴은 수치심에 붉게 물들어 있었다. 하지만 그녀는 곧 나를 용서했다. 내 눈물 속에서 그녀를 향한 무한한 숭배의 마음을 읽어낸 것이리라. 그녀의 얼굴은 이미 평온해져 있었다. 그녀는 자리에서 일어나더니 곧바로 사라졌다. 내게는 여왕의 자태 바로 그것이었다.

나는 내가 얼마나 우스꽝스런 처지인지를 자각했다. 나는 창피했다. 하지만 방금 맛본 사과 맛이 너무 달콤했다. 나는 조금도 뉘우치는 마음도 없이 그 천상의 여인을 얼빠진 눈으로 뒤좇았다. 나는 육체적 욕망과 마음의 열병에 사로잡혀 사람들이 뜸해진 무도회장을 서성거렸지만 그 여인을 찾아내지 못했다. 그날 저녁 잠자리에 들었을 때 나는 이미 다른 사람이 되어 있었다.

새로운 영혼, 알록달록한 날개를 가진 영혼이 애벌레 상태에서 벗어났다. 저 높은 창공의 별, 내가 그토록 찬미하던 그 별이 그 광채를 그대로 지닌 채, 그 신선함을 그대로 지닌 채 여성의 모습으로 이 땅에 강림한 것이다. 사랑에 대해 아무것도 모르던 내가 갑자기 사랑에 빠지고 말았다.

인간의 가장 강렬한 이 감정은 도대체 어떤 기묘한 순간에 우리에게 들이닥치는 것인가? 나는 숙모님의 거실에서 예쁜 여자들을 여러 번 보았었다. 하지만 그 누구도 내 인상에 남지 않았다. 우리를 온통 사로잡는 사랑이 태어나기 위해서는 진정, 어느 특정한 시간이, 어느 알맞은 상황이, 그리고 무엇보다 단 한 명의 여인이 따로 존재하는 것인가?

내게 다가온 단 한 명의 그 여인이 투렌에 살고 있다! 그 생각을 하면 나는 숨 쉬는 것조차 황홀했다. 내게는 하늘 색깔도 이전과는 달라져 있었고 세상 모든 것이 그 모습과 의미를 달리했다. 하지만 그 모든 것은 내 안에서 들끓고 있는 열정일 뿐

나는 겉으로는 병에 걸린 것처럼 보일 뿐이었다. 나는 나의 그 도둑 키스를 되새기며 정원 한구석에 쪼그리고 앉아 지내곤 했다. 공부에도 싫증이 났으며 어머니의 무서운 눈초리나 빈정거림에도 무덤덤해졌고 마냥 침울한 모습만 보일 뿐이었다.

어머니는 내 모습을 보고 내 나이 또래의 젊은이들이 으레 한 번쯤 겪게 되어 있는 증세라고 판단했다. 이머니는 나를 시골로 보내는 게 상책이라는 처방을 내렸다. 시골 생활이란 언제나 의학으로 고치기 어려운 병을 치료하는 만병통치 요법이 아니던가! 어머니는 앵드르강변에 있는 프라펠이라는 성으로 나를 보내기로 결정했다. 그 성에는 어머니가 아는 분 한 명이 살고 계셨다. 아마도 그분에게 나 몰래 몇 가지 부탁을 하셨을 것이다.

그날은 내게 자유의 문이 열리던 날이었다. 그리고 그 미지의 여인을 향한 사랑의 대양 속을 힘겹게 헤엄치고 있던 때이기도 했다. 나는 그녀를 만나고 싶었다. 하지만 그 이름도 몰랐으니 어디서 그녀를 찾을 수 있단 말인가! 게다가 도대체 누구에게 그녀 이야기를 할 수 있단 말인가! 나는 마치 성배를 찾는 기사처럼 이 성, 저 성을 돌아다니며 투렌 전체를 뒤져보겠다는 계획을 세웠다.

어느 목요일 아침, 나는 드디어 투르를 떠났다. 나는 생소뵈르 다리를 건너 시농으로 가는 길에 이르렀다. 그 누구의 간섭도 받지 않고 내 멋대로, 나무 밑에 쉬어갈 수도 있었고 마음대로 내 걸음을 늦추거나 빨리할 수도 있었다. 난생처음 맛보는 호사였다. 구불구불한 평원을 따라서 나 있는 그 길을 걷다 보니 몽바종으로부터 루아르강까지 이르는 골짜기가 한눈에 들어왔다. 그 골짜기는 흡사 양 언덕 위에 놓인 성들 아래로 뛰어내리는 것 같았다. 그 모든 광경이 마치 장엄한 에메랄드빛 술잔 같았으며, 그 잔의 밑바닥에 앵드르강이 뱀처럼 구불구불 흐르고 있었다.

그 광경을 경탄스럽게 바라보면서 나는 호두나무에 몸을 기대고 생각했다.

'모든 여성 중의 꽃인 그녀가 이 세상 어딘가에 살고 있다면 바로 이곳이 아니고 어디일 것인가?'

그날 이후 나는 내가 사랑하게 된 그 골짜기에 올 때마다 그 호두나무 밑에서 쉬어갔다. 그리고 그 나무에 내 속내를 털어놓았다.

그렇다! 그녀는 그곳에 있었다. 내 마음은 나를 조금도 속이지 않았던 것이다. 광야의 경사면에서 내가 바라본 첫 번째 성이 바로 그녀가 사는 곳이었다. 호두나무 밑에서 그 집의 슬레이트 지붕과 유리창이 정오의 햇빛에 반짝이는 것이 보였다. 그리고 그녀의 면 드레스가 포도밭 살구나무 아래 하얀 점을 찍고 있었다.

그렇다! 그녀는 바로 이 골짜기의 백합이었다. 그녀는 하늘의 은총으로 피어 있었고 그 고결한 향기로 골짜기를 채우고 있었다. 내 영혼은 흘낏 눈에 띈 그 대상에 온통 빠져들었으며 그것만으로도 무한한 사랑을 느낄 수 있었다. 그 무한한 사랑은 햇빛을 받아 반짝이며 저 초록색 강변 사이로 흐르는 긴 물줄기, 골짜기를 레이스처럼 출렁거리며 장식하고 있는 포플러 나무 행렬들, 강물 위쪽 작은 언덕 위의 포도밭, 그 사이사이 보이는 떡갈나무 숲 등 그곳의 모든 것들에 그대로 새겨져 있었고 드러나 있었다.

그대여, 젊은 약혼녀처럼 아름답고 순결한 자연을 보고, 느끼고 싶지 않은가! 그렇다면 봄날 그곳에 가보라. 마음속에 피 흘리는 상처를 입었다면 늦가을에 그곳에 들러서 치유하라.

봄에는 사랑이 하늘 한복판에서 날갯짓하고 가을에는 이 세상을 떠난 사람들이 생각나리라.

내가 그곳에 있었던 그때, 앤드르강 폭포 위에 있는 물레방아 돌아가는 소리는 살아 있는 계곡의 목소리였고 포플러는 흔들거리며 웃음 지었다.

하늘에는 구름 한 점 없었고 새들은 지저귀고 매미는 울고 있었다. 거기 있는 모든 것이 멜로디였다.

내가 왜 투렌을 사랑하느냐고 묻지 마라. 나는 요람을 사랑하듯 그곳을 사랑하는 게 아니다. 나는 사막의 오아시스를 사랑하듯이 그곳을 사랑하는 게 아니다. 나는 예술가들이 예술을 사랑하듯이 그곳을 사랑한다. 나는 투렌을 당신 나탈리보다 더 사랑하지는 않지만 투렌 없이는 아마 살 수 없을 것이다.

내 시선은 나도 모르게 그 흰 점, 그 여인에게 향했다. 그녀는 이 넓은 자연의 정원 안에서 홀로 빛나고 있었다. 나는 감동에 젖은 마음으로 계곡 아래로 내려갔다. 퐁뤼앙이라는 아기자기한 마을이 거기에 있었다. 모든 것들이 놀랍도록 순박한 장면을 연출해내는 마을이었다. 나는 언덕들을 꼼꼼하게 관찰하면서 다시 사셰로 가는 길을 따라갔다. 그리고 드디어 아주 오래된 고목들이 심긴 정원에 이르렀다. 프라펠성에 도착한 것이다. 점심시간을 알리는 종이 울리고 있었다.

주인은 나를 친절히 맞이했다. 그의 이름은 셰셀 씨였다. 내가 투르에서 그곳까지 걸어왔으리라고 짐작도 못 한 셰셀 씨는 식사 후에 자신의 소유지 주변을 둘러보길 권했다. 나는 골짜기 여기저기를 다 볼 수 있었다. 산등성이를 오르면서 나는 아제성을 보고 감탄했고 아름다운 루아르강에 떠 있는 돛단배에 시선을 빼앗겼다. 아제성 아래로는 사셰성의 그림 같은 건물들이 보였다. 경박한 사람들 눈에는 엄숙해 보일지 몰라도, 가슴에 상처를 입은 시인들에게는 사랑할 수밖에 없는 곳, 모든 것이 조화로우면서 우수에 차 있는 곳이었다.

그곳을 둘러보면서 나는 내가 언덕에서 처음으로 바라보았던 작은 성이 보일 때마다 한참을 바라보곤 했다. 젊은 나이에는 생생한 욕망을 숨길 수 없는 법인지 내 모습을 본 셰셀 씨가 말했다.

"아하, 지금 자네는 뭔가 아름다운 여성의 냄새를 맡은 모양이로군. 마치 개가 사냥감 냄새를 맡은 것처럼 말일세."

나는 사냥감이라는 단어가 귀에 거슬렸다. 하지만 그에게 과감하게 그 성과 주인의 이름을 물었다. 그러자 그가 대답해 주었다.

"클로슈구르드라네. 모르소프 백작 소유의 아담한 집이야. 백작 집안은 루이 11세 때 작위를 받은 투렌의 유서 깊은 집안이지. 백작이 망명지에서 돌아온 후 이 영지에 자리를 잡은 거지. 이 영지는 르농쿠르 가문 출신인 부인 소유라네. 모르소프 부인이 외동딸이라서 그 집 혈통은 이제 끊기게 되었지. 모르소프의 가문의 명성은 대단하지만 이 영지의 재산은 그 가문에 어울리지 않게 보잘것없어. 그래서 그는 클로슈구르드에 처박혀 아무도 만나지 않는다네. 내가 작년에 이곳으로 이주했을 때 저녁 초대를 받은 적이 있지. 모르소프 부인은 어딜 가든 확 돋보이는 여자라네."

나는 부인 이야기가 그의 입에서 나오자 재빨리 물었다.

"부인은 투르에 자주 들르나요?"

"절대로 가지 않는 것 같아. 아냐, 최근에 한 번 다녀왔지. 모르소프 백작에게 은혜를 베푼 적이 있던 앙굴렘 공작이 지나갈 때였어."

"맞아, 바로 그녀야!"라고 내가 소리쳤다.

"그녀라니?"

"어깨가 아름다운 여인 말입니다."

그러자 그가 웃으면서 말했다.

"투렌에서는 어깨가 아름다운 여인을 수도 없이 만날 수 있을 거네. 만일 피곤하지만 않다면 강을 건너 클로슈구르드에 가보기로 하지. 자네의 그 어깨를 확인할 준비를 하고……."

나는 얼굴이 붉어졌다. 부끄러움과 동시에 기쁨이 밀려왔기 때문이었다.

내가 눈으로만 어루만지던 그 성에 우리는 4시쯤 도착했다. 아름다운 경치와 어울리는 집이었는데 실제로는 검소했다. 집을 장식하고 있는 모든 것들도 이 작은 성을 더욱 아담하게 보이게 했다. 나는 클로슈구르드의 옆길을 걸어 오르며, 구석구석 잘 배치된 모습에 감탄하면서 행복한 그곳의 공기를 들이마셨다. 내 가슴은 결코 지워질 수 없는 뭔가 신비로운 일들이 벌어질 것을 예감하며 한껏 설레었다.

우리는 헛간, 외양간, 마구간 등으로 둘러싸인 안마당을 지났다. 개 짖는 소리에 밖으로 나온 하인이 백작은 외출 중이지만 곧 돌아올 것이고 백작 부인이 계시다고 말했다. 셰셀 씨는 우리 찾아왔음을 부인께 알리라고 말했다.

"어서들 오십시오." 너무 귀한 목소리가 들렸다. 그녀는 무도회에서 내게 단 한 마디 했을 뿐이지만 나는 그녀의 목소리라는 것을 금방 알 수 있었다. 그 목소리는 어두운 감방에 스며든 태양 빛이 그곳을 온통 금빛으로 물들이듯이, 내 마음속으로 스며들어 가득 메웠다.

그녀가 내 얼굴을 기억할지도 모른다는 생각에 도망치고 싶었지만 이미 너무 늦어버렸다. 그녀가 문지방에 얼굴을 드러낸 것이다. 우리가 눈을 마주쳤을 때 과연 누구 얼굴이 더 붉어졌던가! 너무 놀라 말문이 막힌 부인은 잠시 가만히 멍하니 있다가 셰셀 씨를 향해 찾아온 이유를 정중하게 물었다. 그녀의 시선은 멀리 강 쪽을 향하고 있었다.

셰셀 씨는 내가 누구인지 그녀에게 이야기해주었다. 그는 내게 자신의 영지를 구경시키던 중 내가 투르부터 프라펠까지 걸어왔다는 것을 알고 잠시 쉬게 해주고 싶어 클로슈구르드에 들어오게 되었다고 말했다. 셰셀 씨는 사실을 말한 것이었다. 하지만 부인은 경계를 풀지 않았다. 너무나 기막힌 우연이었기에 계획적이리라는 의심이 들었을 것이다. 하인이 의자를 내오자 우리는 거기에 앉았다.

그녀는 나를 향해 눈길을 돌렸다. 차갑고 엄한 눈길이었다. 나는 부끄러워서 눈을 내리깔았다. 속눈썹 사이에 나도 모르게 눈물이 맺혔던 것이다. 그녀는 내게 무엇을 원하느냐고 물었다. 나는 아무것도 없다고 말했다. 노인처럼 기운 없이 떨리는 목소리였다. 그리고 재빨리 그녀와 눈을 마주치며 대답했다.

"저는 이곳에서 쫓겨나지 않기만 바라고 있을 뿐입니다. 너무 지쳐서 더는 걸을 수 없을 것 같습니다."

"아름다운 우리 고장에서는 손님을 그렇게 접대하는 법은 없어요. 이곳에서 저녁 식사를 하실 수 있다면 좋겠네요"라고 그녀가 내 옆에 앉은 셰셀 씨를 바라보며 말했다. 나는 속이 달아올라 셰셀 씨를 바라보았다. 그는 애원하는 듯한 내 눈길을 보고 거절하는 것이 상례인 그 초대를 받아들였다.

그날 저녁 부인은 이 지역의 일들, 농사, 포도밭에 대한 이야기를 꺼냈다. 내가 아는 게 아무것도 없는 주제였다. 그녀는 나를 거의 무시한 채 셰셀 씨와만 이야기를 나누었다. 나는 그가 부러웠고 부인이 서운했다. 나는 가능한 한 편한 자세로

의자에 앉아 말없이 그녀의 목소리에 귀를 기울였다. 그녀의 입에서 나오는 음절 하나하나마다 영혼의 숨결이 느껴졌다. 그녀가 간혹 웃을 때면 명랑한 제비의 노랫소리가 되었고, 걱정스러운 일을 이야기할 때면 동무들을 부르는 백조의 목소리가 되었다.

그녀는 내게 무관심했다. 그 틈을 타 나는 그녀를 자세히 살펴볼 수 있었다. 내 눈은 대화에 몰두하고 있는 아름다운 여인을 마음껏 훑어보았다. 나는 눈으로 그녀의 허리를 휘어 감았고, 그녀의 발에 키스했으며 머리카락 안을 뒹굴었다.

그리고 그 어깨! 나는 그 어깨에서 눈을 뗄 수 없었다. 그런 나를 그녀가 알아볼까봐 두려웠다. 그러나 두려움은 더 강한 유혹을 낳는 법, 나는 그녀의 어깨를 계속 바라볼 수밖에 없었다. 그날 보았던 젖가슴 바로 위의 그 까만 점, 우유에 빠진 파리와 같은 까만 점이 눈에 보이는 것만 같았다. 아아, 내 순결한 상상력 속에서 그 점은 얼마나 강렬하게 반짝이며 타올랐던가!

그녀의 모습은 아무리 해도 정확히 그려낼 수 없을 것이다. 사랑하는 사람에게만 보이는 신비스러운 광채를 그려낼 줄 아는 뛰어난 화가만이 그녀의 모습을 그럴듯하게 그려낼 수 있으리라. 그녀의 모습을 내가 여기서 글로 그려내려 하다가는 오히려 그녀를 왜곡시키게 되리라.

그녀는 두 아이의 어머니였지만 그녀보다 더 처녀 같은 여자는 있을 수 없을 것 같았다. 그녀의 표정은 더없이 천진했으며 사람을 끌어당기는 힘이 있었다. 그녀의 아름다움은 비유를 통해서만 묘사할 수 있다. 나탈리, 우리가 전에 함께 꺾은 히드의 순결하고 야생적인 향기를 떠올려보라. 당신은 검정과 분홍빛이 어울린 그 꽃의 색을 극찬했었지. 이 여인을 분홍빛과 검은빛을 동시에 지닌 꽃으로 상상해보라. 사교계와 그토록 거리를 유지하면서도 얼마나 맵시 있고, 그 표정은 얼마나 자연스러우며 세련된 것인지 그려볼 수 있을 것이다.

그녀의 몸은 갓 펼쳐진 잎사귀들만큼 신선했고, 그녀의 생각에는 야생의 간결함, 깊이를 간직한 그런 간결함이 있었다. 그녀의 감정은 어린아이처럼 순수했지만 다른 한편으로는 고통을 이해할 줄 아는 진지함이 있었다. 그녀는 성주의 부인인 동시에 어린 색시이기도 했다. 평소에는 모두를 보살피고 돌보는 파수꾼처럼 주의 깊었지만 가끔 흘리는 그녀의 미소에서는 웃음과 친한 그녀의 본성이 드러나 보였다. 그녀의 교태는 신비스럽다고 할 수밖에 없다. 그녀는 남자들의 관심을 끄는 여자가 아니었다. 그녀는 차라리 남자들의 상상력을 자극했다. 하지만 그녀의 얼굴 어딘가에 어두운 구석이 있었다는 것도 빼놓을 수 없다.

클로슈구르드에서는 모든 것이 청결하면서 아주 검소했다. 모든 것이 백작 부인의 생활처럼 평화롭고 조용했으며 그녀의 수도사와 같은 일상과 어울렸다. 이곳의 창문을 통해 강과 평원, 그리고 그곳에 세워진 성당과 시내의 모습, 더 멀리 사셰 성을 따라 굽이치고 있는 골짜기가 한눈에 들어왔다. 그리고 고요한 이곳의 삶과 조화를 이루고 있는 그 잔잔한 풍경들이 보는 이의 마음에 전달되었다.

내가 만일 그녀를 이곳에서 처음 보았더라면 그렇게 미친 듯이 키스를 퍼붓지는 않았을 것이다. 화려한 무도회 드레스를 입은 그녀가 아니라, 백작과 두 아이들 사이에 있는 그녀의 모습 앞에서 키스를 퍼붓는 내 모습은 상상할 수도 없었다. 나는 진정으로 후회스러웠다. 나의 그 행동이 그녀를 향한 내 사랑을 이루어질 수 없게 만들 것이라는 절망감에 휩싸였다. 나는 그녀 앞에 무릎을 꿇고 그녀의 신발에 입 맞추며 눈물 몇 방울 떨어뜨리고는 앵드르강에 몸을 던져버리고 싶은 충동을 느꼈다.

나는 내 우상을 하염없이 주시하며 그녀를 향한 내 사랑의 불꽃이 내 안에서 이글거리는 것을 은밀히 느끼고 있었다. 그리고 그 사랑을 이루기 위해서라면 무슨 짓이라도 하고야 말리라고 속으로 다짐하며 그 사랑이 이루어지기를 간절히 바라고 있었다.

갑자기 나는 꿈에서 깨어났다. 하인이 그녀에게 백작에 대한 이야기를 한 것이었다. 그제야 나는 그녀가 그녀의 남편에게 속해 있다는 사실을 깨달았다. 나는 어지러웠다. 곧이어 이런 보물의 주인이 누구인지 알고 싶은 호기심이 일었다. 분노와 슬픔이 뒤섞인 그런 감정이었다.

그녀가 말했다.

"모르소프 백작께서 돌아오셨다는군요."

나는 깜짝 놀라 자리에서 벌떡 일어났다. 셰셀 씨와 부인 모두 돌발적인 내 행동을 보았지만 다행히 특별히 주목을 받지는 않았다. 약 여섯 살쯤 되어 보이는 소녀가 들어서며 "아버지께서 오셨어요"라고 말했기에 관심이 그리로 쏠린 덕분이었다.

부인이 소녀에게 말했다.

"마들렌, 인사드려야지."

소녀는 셰셀 씨가 내민 손을 맞잡더니 가벼운 인사를 한 후 나를 주의 깊게 바라보았다.

"따님 건강은 좀 어떻습니까?"라고 셰셀 씨가 부인에게 물었다.

"나아지고 있어요." 그녀는 아이의 머리카락을 쓰다듬으며 대답했다.

셰셀 씨와 부인의 대화를 통해 나는 마들렌의 나이가 아홉 살이라는 것을 알았다. 마들렌은 허약한 아이였다. 도시에서라면 살아남지 못했을 정도로 몸이 약했다. 그 아이는 어머니의 정성 어린 보호 아래 생명을 유지하고 있었다. 비록 외모는 어머니를 닮지 않았지만 마들렌은 그녀의 영혼을 물려받은 것 같았다.

"자크는 어디 있니?" 아이의 머리카락에 입을 맞추며 어머니가 물었다.

"아버지와 함께 있어요."

그 순간 백작이 아들의 손을 잡고 들어왔다. 자크 역시 허약한 여동생의 복제판이었다. 그토록 눈부시게 아름다운 어머니와 확연하게 대비되는 가냘픈 아이들이었다. 나는 백작 부인의 얼굴에 서려 있는 어두운 근심의 그림자의 원인을 알 것 같았다.

모르소프 백작은 내게 인사를 하면서 뭔가 어색한 눈길을 보냈다. 나를 관찰하는 눈길이라기보다는 의심하는 눈길에 가까웠다. 부인은 남편에게 나를 소개한 후 자리를 떴다.

셰셀을 통해 내 이름을 알자 백작의 태도가 확 바뀌었다. 냉랭한 태도가 금방 친절하고 예의 바르게 변한 것이다. 그는 왕가를 위해 헌신적으로 위험한 일을 수행했던 나의 아버지의 과거에 대해 나보다 훨씬 더 잘 알고 있었다. 나는 그가 갑자기 내게 친절해진 데 대해 어리둥절했지만 가문을 그 무엇보다 중요시하는 그로서는 당연한 일이었다.

나는 백작을 유심히 관찰했다. 마흔다섯 살밖에 되지 않은 그는 대혁명 당시 갑자기 늙어버려 지금은 거의 예순 가까이 돼 보였다. 뒤쪽 머리카락이 많이 빠져 마치 수도사 같았다.

얼굴은 시련을 많이 겪은 사람 티가 확 났지만 솟아오른 광대뼈를 보면 골격은 튼튼한 것을 알 수 있었다. 그는 냉혹해 보이는 밝은 노란색의 눈을 차갑게 빛내고 있었다. 그는 마르고 키가 컸으며, 거만한 성격이 입에 그대로 드러나 있었다. 실제로 백작은 타협이라고는 모르는 완고한 사람이었다. 책임을 맡은 경계초소에서 무기를 든 채 죽을 각오가 되어 있는 병사 같은 사람이었지만 돈보다 목숨을 먼저 내놓을 만큼 인색한 사람이기도 했다.

얼마 후 부인이 아이들과 함께 들어왔다. 백작은 부인에게 나도 모르고 있었던 우리 가문의 내력에 대해 설명해주었다. 백작이 내 나이를 물었다. 내가 대답하자 부인은 내가 딸의 나이를 알고 놀란 것과 똑같이 놀랐다. 그녀는 나를 열네 살 정도로 생각했음이 틀림없었다.

그녀는 내 나이를 알고 어떤 희망의 빛을 본 것 같았다. 모성애로서의 희망이었다. 스무 살이 넘어서도 그토록 가냘프고 연약한 내 모습, 그토록 신경이 예민한 나를 보면서 '내 아이들도 살 수 있어!'라고 속으로 외쳤는지도 모른다.

그녀는 나를 호기심에 찬 눈으로 쳐다보았다. 그녀와 나 사이에 쳐져 있던 얼음벽이 녹고 있음을 나는 느꼈다. 내게 오만 가지 질문을 던지고 싶은 걸 참고 있는 것 같았다.

그녀가 내게 말했다.

"공부를 너무 열심히 해서 병이 났다면 우리 골짜기 공기가 약이 될 거예요."

그리지 백작이 말을 받았다

"요즘 교육은 아이들에게 치명적이야. 수학이나 주입시키고 과학으로 짓눌러서 일찍이 건강을 해치게 만들지. 자네는 여기서 쉬어야 해. 자네는 자네 머리위로 쏟아진 지식과 사상의 무게에 짓눌린 거야."

우리는 이런저런 대화를 나누다가 식당으로 갔다. 저녁상은 푸짐했지만 호화롭지는 않았다. 식기들은 고색창연해서 내 마음에 들었다. 나는 그녀의 오른쪽 옆에 앉았다. 뜻밖의 행운이었다. 그녀에게 물을 따라주던 내 손이 그녀의 드레스를 스쳤고, 무엇보다 내가 그녀 옆에서 빵을 먹고 있었던 것이다! 내 삶이 그녀의 삶과 섞이고 있었던 것이다! 게다가 무엇보다 서로를 부끄럽게 만든 그 대담한 키스를 우리는 비밀로 공유하고 있었다.

나는 용감하면서 동시에 비굴했다. 나는 백작에게 환심을 사기 위해 온갖 아첨을 다 부렸다. 기회만 된다면 그의 개도 쓰다듬어주었을 것이고 아이들의 작은 부탁도 다 들어주었을 것이다. 나는 그들이 나를 종으로 부리지 않는 것이 아쉬웠다.

그녀의 집에 와 있는 것만으로도 나는 마냥 기뻤다. 그녀가 내게 냉랭한 것에 대해서도, 백작의 무관심을 가장한 정중함에도 개의치 않았다. 사랑도 인생과 마찬가지로 사춘기가 있다. 그 시기에는 스스로 자기 도취에 빠지게 마련이다. 꿈결 같은 시간이었다. 그 꿈은 내가 그 집에서 나와 앵드르강을 건널 때까지 지속되었다. 강을 건널 때 청개구리 울음소리가 노래의 선율처럼 들려왔다. 더없이 소중한 그날 이후 나는 그 청개구리 노랫소리를 들을 때마다 무한한 황홀감에 사로잡힌다.

나는 셰셀 씨와 함께 프라펠로 돌아오면서 클로슈구르드를 다시 한 번 바라보았다. 저 아래, 물푸레나무에 묶여 강물에 흔들리고 있는 나룻배가 보였다. 모르소프 백작이 낚시를 즐기는 배였다. 말소리가 클로슈구르드까지 들리지 않을 정도의 거리가 되자 셰셀 씨가 내게 말했다.

"자네의 그 아름다운 어깨를 찾았냐고 물어볼 필요도 없겠지. 모르소프 백작에게 그런 대접받은 걸 축하하네. 거참, 단번에 중심으로 진출하다니!"

그의 말투에는 무언가 약간의 질투, 또는 쓰라림이 숨어 있었다.

"무슨 말씀이시지요?"

"그가 이렇게 사람을 환대한 적이 없어."

"솔직히 저도 놀랐습니다."

내가 그런 대접을 받은 것에 대해 셰셀 씨가 왜 그런 감정을 갖게 되었는지는 약간의 설명이 필요하다.

셰셀 씨에게는 약점이 있었다. 그의 본명이 뒤랑이었던 것이다. 그의 아버지는 대혁명 시기에 부를 모은 제조업자였다. 그의 아내는 오래된 국회의원 가문인 셰셀 가의 유일한 후손이었다. 상류층 진출을 꿈꾸었던 그는 아버지의 성(姓)을 저버리고 아내 가문의 성을 취했다. 그리고 왕정복고 시절에 루이 18세로부터 귀족문서를 하사받고 백작의 직함을 사용할 수 있게 되었다. 그런 그를 보고 짓궂은 한 공작이 "셰셀 씨 모습은 뒤랑 씨에게서는 잘 보이지 않지"라고 농담을 했고 그 농담은 투렌에서 오랫동안 사람들 입에 오르내렸다.

셰셀 씨는 겉보기와 달리 야심 때문에 옹졸해졌다. 능력 있는 자들에게는 야심을 품고 그것을 실현시킬 수 있는 특권이 있다. 하지만 소심한 사람들은 야심을 겉으로 드러내놓고 그것을 이루지 못해 남들의 조롱을 받기 마련이다. 셰셀 씨는 능력 있는 자의 직선 코스를 밟지 못했다. 그는 하원의원을 두 번 지냈고 선거에서 두 번 낙패를 보았다. 예전에는 국장이었지만 지금은 아무것도 아니었다. 성공과 패배를 이어서 맛보면서 그의 성격은 망가졌고 좌절된 야심가가 그렇듯이 모질어졌다. 그는 예의 바르고 재치 있으며 큰일을 할 능력이 있는 사람이었지만 시기심과 질투가 강한 투렌 사람의 특성 때문에 상류층에서 배척받은 것인지도 모른다. 그가 욕심을 덜 냈다면 더 많은 것을 얻었을지도 모른다.

하지만 그는 내게는 흠잡을 데 없이 잘해주었다. 이전까지 내가 집안에서 받았던 대접과 너무 비교되어 나는 그에게 순수하게 감사했다. 셰셀 씨는 부를 누리며 행복하게 살았는데 몇몇 이웃사람들은 이를 아니꼽게 여겼다. 고급마차도 언제나 새것으로 바꿀 수 있었고 그의 아내는 항상 세련된 차림을 했다. 그는 성대한 파티를 열었고 그 지역 그 누구보다 많은 하인들을 거느리고 있었다. 그는 거대한 프라펠 영지에서 거의 공작처럼 행세하고 있었다.

이렇게 호사스럽게 살고 있는 이웃에 비하면 모르소프 백작은 그저 시골뜨기 귀족에 불과했다. 그는 역마차 정도 수준의 가족용 이륜마차를 타고 다녔고 재산이 보잘것없어 클로슈구르드에서 농사를 지어야만 했다. 그가 나를 후하게 대접한 것은 내가 재산을 잃어버린 귀족 가문의 후손이었기 때문이었다. 그는 귀족이 아니면서 호사스러운 생활을 하고 있는 이웃 사람의 재산과 숲, 밭과 목장을 초라해 보이게 만들고 그에게 굴욕감을 주고 싶었다. 셰실 씨는 그것을 곧 알아차렸다.

셰실 씨는 내게 모르소프 씨에 대해 이야기를 해주었다. 그의 긴 이야기를 간추리자면 다음과 같다.

모르소프 씨의 고독한 삶은 반드시 질투심 때문만은 아니었다. 사교계 예법이나 궁정의 규범을 배우는 것은 학교 교육만으로는 충분하지 못하다. 왕실에서 직책을 맡아 업무를 수행하면서 부족한 부분을 메울 수 있는 것이다. 백작은 두 번째 교육이 시작될 시기에 망명했다. 콩데 공의 군대에서 그는 용맹을 떨치며 가장 충성스런 신하의 하나로 꼽혔었다. 그 군대가 해산되자 그는 망명의 길에 올랐다. 왕정복구가 곧 이루어질 것이라고 믿은 그는 나태한 망명 생활을 했다.

곧 끝나리라고 생각했던 망명은 오래 지속되었다. 궁핍한 생활이 그의 마음을 지치게 했다. 예상하지 못했던 난관이나 불행이 어떤 이에게는 활력소가 되고 어떤 이에게는 마음과 몸의 기력을 녹여버리는 용해제가 되기도 한다. 백작은 후자에 속했다. 그에게서는 프랑스인, 특히 투렌 사람 특유의 쾌활함이 사라졌다. 그는 우울해지고 병들어 독일의 어느 구호소에서 치료를 받았다.

12년간의 고생 끝에 그는 아무런 권력도, 미래도 없이 쇠약해진 불구의 몸으로 프랑스로 돌아왔다. 아무것도 없는 그로서는 '귀족'의 호칭마저 부담스러운 처지였다. 다행히 혁명정부가 방치해두었던 백작 소유의 농지가 멘 강 근처에 있었다. 그의 농지 근처의 지브리 성에 르농쿠르 가문의 사람들이 살고 있었다. 르농쿠르 공작은 거처가 마련될 때까지 지브리에 와서 지내라고 백작에게 제안했다. 르농쿠르 집안은 백작을 후대했다. 그는 그곳에서 몸과 마음을 회복하려 애썼다.

르농쿠르 집안도 막대한 부를 다 잃은 상태였다. 이름만으로 보면 모르소프 백작은 그들의 딸들에게 걸맞은 결혼 상대였다. 르농쿠르 양은 서른다섯 살의 병들고 허약한 사람과의 결혼을 흔쾌히 받아들였다. 결혼 후 그녀는 거의 양어머니라고 불러도 좋을, 숙모 베르네유 공작 부인과 함께 살 수 있게 되었다. 르농쿠르 양을 사랑했던 베르네유 공작 부인은 새 신부가 신혼집을 꾸밀 수 있도록 클로슈구르드를 내주었다.

모르소프 백작은 앞날에 희망을 갖기 시작했고 원기도 어느 정도 회복했다. 재산을 늘리는 데 온 신경을 다 쓰고 있었던 그는 농경 사업을 시작했다. 거기서 즐거움을 맛보기도 했다. 그러나 자크가 태어나자 모든 것이 다 무너졌다. 의사는 갓난아이가 살아남기 힘들 것이라고 했다. 백작은 부인에게 이 사실을 숨기고 자신도 진찰을 받았다. 결과는 참담했다. 자크가 그런 상태로 태어난 것은 백작 때문이었다. 그가 망명시절 천박한 여성들과 벌인 애정행각의 업보였다. 마들렌이 태어나자 모든 것이 더 확실해졌다.

백작은 한꺼번에 무너져버렸다. 백작 부인은 현재를 보고 과거를 모두 알 수 있었다. 그러나 그녀는 미래를 더 중시했다. 죄책감에 사로잡힌 사람을 행복하게 만드는 일만큼 어려운 일은 없는 법이다. 부인은 천사만이 엄두를 낼 그 일을 시도했다. 그녀는 단 한 사람을 위해 빈민 구제 수도회의 수녀처럼 헌신했다. 백작 스스로도 용서 못 하는 죄를 그녀는 용서해주었다.

하지만 그녀에게 돌아온 것은 가혹한 결과였다. 혐오스러운 과거를 지닌 백작은 오히려 아내가 자기를 속일까봐 의심했다. 그녀는 고독했다. 그러나 그녀는 그 고독한 생활을 받아들였으며 그의 터무니없는 의심을 묵묵히 견뎌냈다. 그녀는 남편과 함께 클로슈구르드에 칩거해서 밖으로 나오지 않기로 결정했다. 백작이 바깥출입을 하면 그의 히스테리를 목격한 사람들이 짓궂은 험담을 해서 그녀의 자식들에게 상처를 줄까봐 염려해서였다. 부인은 그렇게 남편이라는 폐허를 두꺼운 담쟁이덩굴로 덮어버렸다. 아무도 백작의 무능을 눈치챌 수 없었다. 변덕스럽고 뻬딱한 백작의 성격이 아내의 부드럽고 만만한 토양을 만나 그 자리에 드러누운 셈이었다.

밤에 나는 침실에 누워 있다가 번쩍 정신이 들어 자리에서 일어났다. 그녀의 침실 창문을 볼 수 있는데 이렇게 가만히 누위 있다니! 나는 옷을 입고 살금살금 계단을 내려가 성 밖으로 나갔다. 나는 물랭 루즈 다리를 통해 앵드르강을 건넜다. 그리고 클로슈구르드 앞에 있는 나룻배에 이르렀다. 클로슈구르드의 창문에서는 불빛이 새어나왔다. 낭만적인 밤의 시인인 나이팅게일의 떨리는 노랫소리와 밤 꾀꼬리의 울음소리가 들려왔다.

나의 온몸과 마음은 온통 주술에 걸려 있었다. 아아, 나는 얼마나 강렬하게 그녀를 원했던가! 그 하룻밤 사이, 내 우주에는 중심이 생겼다. 나의 모든 의욕, 야망이 그녀와 결부되었다. 나는 그녀의 찢긴 가슴에 새로운 생명을 불어넣기 위해 그녀의 모든 것이 되려고 했다. 물레방아의 수문을 지나가는 물의 속삭임과 사셰의 종탑에서 울리는 종소리를 들으며 그녀의 창가 밑에서 보낸 그 밤은 참으로 아름다웠다. 나는 상상 속의 여인에게 모든 것을 다 바친 돈키호테처럼 내 영혼을 그녀에게 바쳤다. 우리의 사랑은 모두 그런 마음으로 시작되는 법이다. 첫 새의 울음소리가 들리자 나는 그곳을 도망치듯 떠났다. 아무도 나를 보지 못했다.

그날 나는 점심 식사 종이 울릴 때까지 잠을 잤다. 더운 날

씨였다. 점심 식사 후에 앵드르강과 섬들, 골짜기와 작은 언덕들을 다시 보기 위해 들판으로 내려갔다. 그리고 경주말처럼 나의 나룻배와 나의 버드나무와 나의 클로슈구르드가 있는 곳으로 경주말처럼 달려갔다.

나는 갑자기 배에서 뛰어내려 길을 걸어 올라갔다. 그리고 클로슈구르드 주위를 서성거렸다. 집을 나서는 백작이 얼핏 눈에 뜨인 것 같아서였다. 제대로 본 것이었다. 백작은 울타리를 따라 아제로 가는 길 쪽 문을 향하고 있었다.

"안녕하십니까, 백작님!"

그는 기쁜 표정으로 나를 바라보았다. 여기서 그런 호칭은 자주 듣지 못했을 것이다.

"어서 오게. 이런 더위에 산책을 하다니, 자네 시골을 어지간히 좋아하는군."

"야외에서 생활하기 위해 이곳에 온 건데요."

"좋아, 그럼 호밀 수확하는 걸 구경하겠나?"

"기꺼이요. 그런데 저는 농사에 대해서는 아무것도 모릅니다. 호밀과 밀도 구별할 줄 모르지요."

"그러니까 더 구경해야지. 자, 이리로 오게나. 셰셀 씨 집에서는 아무것도 못 배울 거야."

그는 강가 옆에 있는 오솔길 쪽으로 나를 데려갔다. 그 끝 벤치에 모르소프 부인이 아이들과 앉아서 시간을 보내고 있었다. 우리는 걸음을 재촉해 부인 쪽으로 향했다. 그때 갑자기 자크가 경련을 일으키듯이 기침을 했다. 부인은 얼른 자크를 무릎 위에 앉혔다.

"무슨 일이야?" 백작이 얼굴이 하얗게 되면서 외쳤다.

"목이 아픈가 봐요. 괜찮아요." 어머니가 대답했다. 그녀는 나를 못 본 척했다.

"아니, 어쩌면 그리 조심성이 없소? 아이를 차가운 강변에 데리고 나와 돌 벤치 위에 앉히다니."

"아버지, 벤치는 뜨거워요." 마들렌이 큰소리로 말했다.

"저 위에서는 더위에 아이들이 질식할 정도라서 내려온 거예요." 부인이 해명했다.

"참, 여자들이란! 언제나 자기가 옳다고 우겨요." 백작이 나를 보며 말했다.

자크가 계속 목이 아프다고 하자 어머니가 그를 데리고 들어갔다. 그녀의 등에 대고 그가 말했다.

"그렇게 허약한 애들을 낳았으면 잘 돌보기라도 해야 할 것 아냐!"

너무 부당한 말이었다. 자신의 자존심을 세우기 위해 부인을 희생시키면서까지 자신을 정당화하다니! 부인은 그 말을 뒤로 하고 날아가듯 층계를 올라갔다. 모르소프 백작은 벤치에 앉아 생각에 잠겨 있었다. 나는 마음이 불편해서 견딜 수가 없었다.

"백작님, 산책은 다음으로 미루면 안 될까요?" 내가 가능한 한 부드럽게 말했다.

그때였다. 부인의 목소리가 들렸다.

"자크가 괜찮아졌어요. 이제 잠들었어요." 그 목소리에는 아무런 원망의 감정도 담겨 있지 않았다. 그녀가 계속 말했다.

"걱정 마세요. 자크가 지난밤에 잠을 못 잤을 뿐이에요. 밤새 이야기를 해주어야 했지요. 자, 이제 괜찮으니 호밀이나 보러 가세요."

호밀밭으로 가면서 그는 내게 많은 이야기를 했다. 부르봉 왕가가 귀환함에 따라 프랑스가 어떻게 될 것인지에 대해서도 이야기했다. 그와 이런저런 이야기를 나누는 동안 나는 그가 예상외로 어리석다는 것을 알고 깜짝 놀랐다. 그는 너무나 명백한 사실들도 모르고 있었다. 그는 유식한 사람들을 두려워해 멀리했고, 뛰어난 재능을 부정했다. 그는 콤플렉스가 많았기에 나는 그것들을 건드리지 않기 위해 조심해야 했다. 그와의 긴 대화는 정말로 정신적인 노동이었다. 나는 그에게 아침했다.

"플라펠이 크기만 큰 은제품 세트라면 클로슈구르드는 보석함입니다!"

그날 백작은 집에 들어가며 부인에게 말했다고 한다.

"펠릭스 군, 정말 괜찮은 친구야."

그날 저녁 나는 어머니에게 편지를 썼다. 프라펠에 오래 머물겠으니 옷가지 등을 보내달라고 부탁하는 내용이었다.

나는 백작과 친해지려고 애를 썼다. 하지만 정말 쉽지 않은 일이었다. 그는 갑작스럽게 기분이 바뀌기도 했고 느닷없이 우울해지기도 했다. 불평을 늘 달고 살았으며 때로는 냉랭한 증오심을 보이기도 했다. 어떤 때는 광기가 터져 나오기도 했고 어린애 같은 비명을 지르기도 했다. 나는 그 모든 것을 겪고 견뎌야 했다. 그를 만날 때마다 '그가 어떤 모습으로 나를 맞이할까?'라고 자문하며 초조해했다. 그의 이마 위에 폭풍 같은 기운이라도 감돌 때면 나는 얼마나 가슴을 조였던가! 나도 그녀와 마찬가지로 그의 횡포 아래 놓이게 된 것이다.

내 고통으로 인해 나는 모르소프 부인의 고통을 미루어 짐작할 수 있게 되었다. 우리는 서로 눈으로 신호를 주고받는 사이가 되었고 그녀가 눈물을 삼킬 때 내 눈에 눈물이 흐르곤 했다. 백작 부인과 나는 이렇게 동병상련의 정을 나누게 되었다. 부인은 내가 그 집에 왜 그렇게 부지런히 드나드는지 조금도 의심을 품지 않았지만 그래도 눈치가 보인 건 사실이었다. 그런데 마침 아주 그럴듯한 이유가 생겼다.

모르소프 백작은 주사위 게임을 아주 좋아했다. 나는 주사위 게임을 할 줄 몰랐다. 모르소프 백작이 가르쳐주겠다고 하자 나는 선뜻 그 제안을 받아들였다. 순간 부인이 얼핏 내게 동정의 눈길을 보냈다. '아주 위험한 길로 나서는군요'라고 말하는 것 같았다. 그리고 주사위 게임을 배운 지 3일째 되는 날, 내가 어떻게 말려들었는지 알 수 있었다. 어린 시절 단련된 내 인내심이 백작과의 주사위 게임을 통해 무르익었다고 할 수 있을 정도였다.

내가 배운 원칙을 제대로 지키지 못하면 백작은 내게 모진 비난을 퍼부었다. 생각을 오래 하면 지루하다고 불평했고 내가 빨리 하면 뭐 그리 성급하냐고 화를 냈다. 내가 실수를 하면 기다렸다는 듯 좀 찬찬히 생각하면서 하라고 나무랐다. 그는 포악한 교사이며 감독관이었다.

돈을 걸고 게임을 시작한 후 그가 계속 이기자 그는 치사하게 기뻐했다. 그렇게 내 돈은 날아갔지만 나는 끈기 있게 기다렸다. 그녀의 마음속에 내가 슬며시 들어갈 수 있을 그 순간을 얻기 위해 내 돈을 다 쓸어가는 그 얄궂은 게임을 계속해야 했다.

문제는 돈이었다. 돈 없이는 더 이상 저녁에 그 집을 방문할 구실이 없었다. 나는 다급한 마음에 어머니께 돈이 필요하다는 편지를 보냈다. 하지만 어머니가 돈을 보내줄 리 없었다. 언제나 그랬듯이 어머니는 나를 꾸짖었을 뿐이었다. 하지만 지금 상황은 이전과 달랐다. 이제까지는 금욕적 생활로 극복하면 그만이었다. 하지만 지금은 금욕으로 해결될 상황이 아니었다. 스스로 능동적으로 대처해야만 했다. 도둑질이라도 해야만 할 처지였다.

궁하면 통한다고 나는 셰셀 씨의 책장에서 우연히 주사위 교본을 발견했다. 나는 그 책을 읽으며 연구했고 셰셀 씨는 기꺼이 강의를 몇 번 해주었다. 내 실력은 급속히 향상되어 며칠 만에 스승을 이길 정도가 되었다. 그러자 그의 기분이 고약해졌다. 그의 눈은 호랑이처럼 번득였고, 얼굴은 잔뜩 찌푸린 상이 되었으며 눈썹은 사정없이 뒤틀렸다. 그는 화를 내며 발을 구르고 주사위를 집어던지기도 했으며, 주사위 통을 물어뜯으며 내게 욕설을 해대기도 했다.

하지만 그런 폭력도 곧 끝이 났다. 게임에 더 능숙해지고 나서 나는 내 마음대로 게임을 이끌 수 있게 되었던 것이다. 초반에는 그가 이기도록 내버려 두었다가 후반부에는 내가 잃었던 돈을 다시 땄다. 그는 자기 제자가 단기간에 자기보다 우월해진 것에 정말 놀랐을 것이다. 하지만 그는 내가 자기보다 게임을 잘한다는 것을 결코 인정하지 않았다.

게임이 끝날 때쯤 되면 그는 말했다.

"아무래도 내가 쉽게 지치나봐. 끝날 때는 자네가 따는 걸 보니. 자네가 잘해서가 아니라 내가 실수를 해서 지는 거야."

부인은 내 술수를 알아차렸다. 그녀는 내게 무언의 감사의 표시를 보냈다. 그렇게 가벼운 감사 표시에도 내 젊은 가슴은 터져버릴 것만 같았다. 그녀는 자신의 아이들에게만 보내던 눈길을 내게 주었던 것이다!

그날, 프라펠로 돌아갈 때의 내 기분을 어떻게 설명해야 할지! 내 육체가 내 정신 속으로 온통 스며들어버려 마치 무중력 상태에 놓인 것 같았다. 나는 걷는다기보다는 차라리 날았다. 내 안에서 그녀의 눈길이 머물고 있음을 느꼈고 나는 온통 빛으로 채워진 기분이었다. "안녕히 가세요"라는 그녀의 인사는 부활절의 성가였다. 나는 새롭게 태어난 셈이었다. 아아, 그녀가 내게 감사하다니! 그녀에게 내가 의미 있는 존재가 되다니!

그다음 날 그녀는 나를 진심으로 반갑게 맞이했다. 나는 그녀의 목소리에 감추어진 의미를 이해할 수 있게 된 것 같았다.

그날은 내 생애 가장 의미 있는 날들 중의 하나가 되었다. 저녁에 온 가족이 함께 산책을 했다. 산책 도중 백작이 돌연 광기를 드러냈다. 자기 삶이 메마른 황야와 같다고 으르렁거렸으며 귀에서 종소리가 계속 울린다고 하소연하기도 했다.

우리는 서둘러 클로슈구르드로 돌아왔다. 오자마자 백작은 안락의자에 파묻혀 명상에 잠겼다.

부인은 남편의 병의 전조를 알고 있었기에 남편을 가만히 내버려 두었다. 나도 그녀와 마찬가지로 밀없이 있었다. 나는 그녀가 내게 프라펠로 돌아가라고 할 줄 알았다. 하지만 그녀는 아무 말도 없었다. 어쩌면 주사위 게임이 백작의 신경을 달래줄 수도 있을 것이라고 믿는 것 같았다.

백작과 주사위 게임을 시작하는 것은 쉽지 않은 일이었다. 그가 그 놀이를 좋아하지 않아서가 아니다. 그는 늘 주사위 게임을 하고 싶은 마음이 굴뚝같았다. 그는 교태를 부리는 여성 같아서 남이 애원하고 강요하다시피 할 때까지 버텼다. 아마 함께 놀아주어 고맙다는 고마운 표시를 하기 싫어서였을 것이다. 또는 내가 원하는 것을 해준다는 허영심을 보여주기 위해서였을 것이다. 내가 다른 데 정신이 팔려 주사위 놀이를 제안하지 않으면 그는 시무룩해졌고 사사건건 심술을 부렸다. 하지만 내가 눈치를 채고 주사위 게임을 하자고 해도 그는 투정을 부렸다. 시간이 너무 늦었다는 둥, 내가 별로 하고 싶지도 않으면서 그런다는 둥, 일부러 딴청을 부렸다. 나는 새 기술을 가르쳐달라고 애원하는 척해야 했으며 승낙을 받아내기 위해 엄청나게 명랑한 척해야 했다.

그날도 그랬다. 그는 머리가 어지러워 계산도 잘 못 할 지경이라고 툴툴거리며 놀이판 앞에 앉았다. 모르소프 부인은 아이들을 재우기 위해 자리를 떴다. 처음에는 모든 게 다 잘 진행되었다. 나는 백작에게 일부러 져 주었고 행복에 겨운 그의 얼굴이 일순간에 펴졌다. 그리고 명랑한 얼굴에 아무 이유 없이 웃음을 터뜨리기도 했다. 우울하기 그지없던 얼굴이 일순간 저렇게 변하다니! 나는 불안했고 소름이 끼쳤다. 이런 심한 증상을 내 앞에서 보인 적은 없었기에 나는 더욱 불안했다.

아이들을 재우고 난 부인이 다시 내려와 주사위 판 가까이 앉았다. 그녀는 초조한 기색을 감추지 못했다. 불안해하는 내 모습과 그녀의 초조한 기색에 백작의 얼굴이 이번에는 다시 침울하게 변했다. 그런데 내가 예상하지도 못했던 불행한 일이 터지고야 말았다. 내가 봐줄 겨를도 없이 모르소프 백작이 스스로 패배를 자초하는 점수를 내고 말았던 것이다. 명백히 그의 실수였다. 그는 벌떡 일어나더니 놀이판을 뒤엎어버렸다. 그는 램프를 땅에 집어던지더니 탁자를 주먹으로 쳤다. 그러더니 거실 안을 거의 쾅쾅 뛰듯이 걸어다녔다. 입으로는 쉴 새 없이 욕설과 저주와 알아들을 수 없는 말들을 쏟아놓는 것이 영락없이 옛날 중세의 악마에 들린 사람 같았다.

그녀가 내 손을 꼭 쥐더니 "정원으로 가 있어요"라고 말했다. 나는 백작이 눈치채지 못하게 살며시 그곳을 빠져나왔다. 나는 정원에서 기다렸다. 백작의 고함 소리가 연이어 들렸고 간간이 천사의 목소리가 들렸다.

한 시간쯤 지났을까, 내가 벽돌 난간에 기대 있는데 드레스 팔랑이는 소리와 발자국 소리가 들렸다. 가슴이 너무 벅차왔다.

"백작은 이제 잠드셨어요." 그녀가 내게 와서 말했다. "이럴 때면 양귀비 씨앗 몇 개를 우려낸 물을 백작에게 드린답니다. 효과가 있어요."

잠시 뜸을 들인 후 그녀가 다시 말했다.

"우리가 꽁꽁 숨겨온 비밀을 우연히 당신이 알게 되었네요. 제발 이 비밀을 지키겠다고 명예를 걸고 약속해주세요."

내가 그녀에게 말했다.

"약속을 꼭 말로 해야 알겠습니까? 우리는 언제나 서로를 이해하지 않았나요?"

그녀는 내 말을 피하려는 듯 대답했다.

"백작은 1년에 한 번 정도 저럴 뿐이에요. 한창 더울 때만. 망명 때 고생을 해서 그래요. 그때 꽃다운 미래를 망친 거지요. 안 그랬다면 아주 명예로운 사람이 되었을 텐데……. 암튼 그는 그저 신경이 예민할 뿐이에요."

"저도 잘 알고 있습니다." 나는 그녀의 말을 끊었다. 더 이상 나를 속일 필요가 없다는 뜻을 넌지시 전하기 위해서였다.

그녀는 내 손을 힘 있게 잡고 말했다.

"당신이 어떻게 우리의 삶 속으로 들어오게 된 거지요? 나를 돕기 위해 하느님이 보내주신 건가요? 당신은 친절하고 너그러운 분이에요."

그녀는 하늘로 눈을 들어 올렸다가 다시 나를 바라보았다. 내 영혼 속에 또 다른 영혼을 불어넣는 눈길이었다. 나는 그 눈길에 감전이라도 된 것 같았다. 나는 내 눈길과 그녀의 눈길, 그 두 눈길 사이에 그 어떤 오점이라도 남아 있으면 안 될 것 같았다. 나는 그 오점을 씻기 위해 입을 열었다. 내 목소리는 떨리고 있었다.

"이제, 제 과거의 아픈 기억 하나를 정화시켜주세요."

그녀는 입술에 손가락을 갖다 대더니 즉시 떼면서 말했다.

"쉿, 무슨 이야기를 하시려는지 알아요. 제가 난생처음, 그리고 마지막으로 당한 치욕이었어요! 그 무도회에 대해서는 앞으로 입도 뻥끗하지 마세요. 그리스도의 신자로서 나는 당신을 용서했어요. 하지만 한 여인으로서 나는 아직 고통스러워한답니다."

인생에 이런 기회가 다시는 오지 않으리라는 생각에 나는 온 힘을 다해 말했다. 무도회에서 아무도 내 관심을 끌지는 못했다고. 그녀를 보는 순간, 그토록 소심하기만 하던 내가, 아무도 비난할 수 없는 그런 열정에 휩싸였다고. 죽음으로도 물리칠 수 없는 그런 욕망으로 내 마음은 가득 차 있었다고.

그러자 그녀가 "그런 이야기 더 이상 하지 말아요"라고 말했다.

나는 참을 수 없는 고통으로, 흥분에 사로잡혀 말했다.

"부인, 부인께서 몰라주시면 저는 죽을 것 같습니다. 저는 제 삶의 숨겨진 부분에 대해 부인께 말씀드려야만 하겠습니다. 부인과 관련이 없다고 말씀하시지 마십시오. 부인은, 부인께서 알지 못하는 사이에 제가 승리의 월계관을 씌워드린 분이니까요.”

나는 내 어린 시절과 청년기의 삶에 대해 그녀에게 이야기해주었다. 나탈리 당신에게 전에 말했듯이 거리를 두고 객관적으로 이야기한 것이 아니다. 나는 상처가 아물지 않은 청년의 격앙된 언어로 이야기했다. 내 목소리는 마치 나무를 찍어내는 나무꾼들의 도끼 소리처럼 울렸다. 나의 죽은 세월, 잎사귀 없는 가지로만 이루어진 그 세월의 고통들이 그녀 앞에 떨어졌다. 나는 나의 빛나는 소망들, 순금 같은 욕망들, 저 뜨거운 심장에 간직했던 보물들을 그녀에게 쏟아내며 그 고통들을 덮으려 했다. 그러나 그것조차 또 다른 고통일 뿐이었다.

나는 고통의 무게로 등이 휜 채, 그녀의 입에서 한마디 말이라도 나오기를 기다리고 있었다. 드디어 그녀가 눈빛 하나로 어둠을 밝혀주었고 말 한마디로 온 세상에 생명을 불어넣었다.

“우리는 똑같은 어린 시절을 거쳤군요.”

나는 속으로 부르짖었다.

‘아아, 그녀는 나와 똑같은 아픔을 지니고 있어! 나 혼자만 고통을 겪은 게 아니었어!’

그녀는 사랑하는 자식들에게 해주는 부드러운 목소리로 자신의 과거를, 아픔을 내게 이야기해주었다. 아들들이 죽어버린 가족에서 딸로 태어났다는 게 얼마나 큰 죄였는지, 어머니에게 얼마나 큰 미움을 받으며 자랐는지 이야기해주었다. 그러나 그녀는 어머니에 대해 원한을 갖지 않았다. 그녀는 어머니를 두려워하는 자신을 나무랄 뿐이었다. 의당 사랑해야 할 어머니를 사랑할 수 없는 자신을 나무랄 뿐이었다. 어쩌면 어머니는 나를 위해 그렇게 엄격할 수도 있었다고 이 천사 같은 여인은 말하고 있었다.

나는 그녀에게 말했다.

"우리는 이렇게 만나기 전에도 이미 같은 세상에 살고 있었습니다. 다만 서로 여기까지 온 방향이 다를 뿐입니다."

그녀는 절망적으로 머리를 흔들며 말했다.

"당신과 나는 서로 다른 방향을 향해 가고 있어요. 당신 앞에는 행복한 삶이 기다리고 있고 나는 고통 속에서 죽어갈 거예요. 남자들은 자신들의 삶을 스스로 만들어가지만 내 삶은 이미 결정되어 있어요."

그녀는 한숨을 쉰 후 신혼 시절과 당시의 절망감, 그 이후

되풀이된 불행에 대해 이야기해주었다. 그녀는 결혼하면서 가져온 저축한 돈도 모두 남편에게 내놓았다. 젊은 날의 소망들이 담긴 소중한 금화들이었지만 남편에게서 고맙다는 이야기 한마디 듣지 못했다.

결혼 이후에도 그녀의 삶은 괴로움의 연속이었다. 그녀는 병적인 남편, 병약한 아이들에 차차 적응했다. 그녀는 나날이 진흙탕과 눈 속을 걷는 데 단련되어갔다. 그리고 모든 것을 수동적으로 받아들였다. 그녀는 마지막으로 말을 맺었다.

"내가 어떻게 사는지 알려면 이곳에서 몇 달을 지내야만 할 거예요. 아아, 남편은 '아, 지겨워. 난 죽어야 해. 사는 게 너무 힘들어'라는 말을 입에 달고 산답니다. 그러다 집에 손님이 많이 온 날은 행복해져서 예의 바르고 친절해집니다. 그런데 자기 식구들에게는 절대로 그렇게 하지를 못해요. 가끔은 진정으로 신사 같은 태도를 보이는 분이 어떻게 전혀 다른 사람처럼 행동할 수 있는지 정말 모르겠어요. 10년 동안 입은 강한 충격들 때문에 나는 무너졌어요. 너무나 많은 상처를 입은 내 감수성은 이제 회복이 불가능하답니다. 휴식도 취하지 못하고 해수욕도 해본 지 오래되었어요. 모르소프 백작이 나를 죽인 셈이고 내가 죽으면 그는 뒤따라 죽겠지요."

"얼마 동안이라도 클로슈구르드를 떠나지 그러십니까? 아이들과 함께 바닷가라도 다녀오시지요?"

"내가 없으면 백작은 아무것도 못 하고 헤맬 거예요. 여기가 온통 엉망이 될 거예요. 나는 아이들 보호자이면서 가정교사예요. 게다가 이곳 집사이자 관리인인 셈이에요. 농사 짓고 수익 관리하는 일, 모두 내가 하고 있어요. 내가 집을 비우면 우리는 파산할 거예요."

그녀는 체념한 여인의 미소를 띠며 길게 이야기했다. 하지만 그녀는 신앙심이 깊었다. 그녀는 자신이 지금 겪고 있는 수난이 가족의 행복을 위한 것이라면 기꺼이 감수할 수 있다고 말했다.

나는 신비주자들의 말을 빌려 그녀에게 말했다.

"부인, 우리는 동방박사들처럼 같은 별을 따라온 것이 아닐까요? 우리는 이제 성스러운 아이가 태어나게 될 구유 앞에 있는 것 아닐까요? 그 아이는 세상에 기쁨을 주고 삶에 보람을 부여할 것입니다. 우리는 남매 이상의 사이가 아닐까요? 하늘이 맺어준 사이가 아닐까요? 부인의 고통은 가장 찬란한 수확물을 얻기 위해 신께서 아름답게 뿌리신 씨앗입니다! 저와 함께 한 잎 한 잎 그것을 따지 않으시렵니까? 아아, 도대체 무슨 힘으로 제가 감히 부인께 이런 말을 드리는 걸까요?"

그러자 그녀가 엄한 목소리로 내 말을 끊었다.

"당신은 내게 허용되지 않은 감정에 대해 이야기하고 있군요. 당신이 아직 어리니 딱 한 번 용서해주겠어요. 내 마음은 온통 모성으로 채워져 있어요. 내게는 버려서는 안 될 세 명의 아이들이 있는 것과 마찬가지입니다. 나는 그 아이들 위에 희생의 이슬로 뿌려져야 해요. 나는 조금도 오염되지 않은 순수한 마음의 빛으로 그들을 밝혀줘야 해요. 다시는 그런 말로 나의 모유를 오염시키지 말아요."

그녀의 눈에서 두 줄기 눈물이 흘러나와 달빛에 빛났다. 나는 두 손을 뻗어 그것을 받아 마시며 말했다.

"이것은 사랑의 영성체입니다. 그래요, 나는 지금 부인과 고통을 함께 나누고 성스러운 피를 마심으로써 그리스도와 한 몸이 되듯이 부인의 영혼과 결합했습니다. 이루어질 가망이 없는 사랑도 행복입니다. 나는 나 자신을 부인께 바칩니다. 저는 부인께서 원하시는 그런 사람이 되겠습니다."

그녀는 손짓으로 내 말을 끊었다. 그리고 그윽한 목소리로 말했다.

"만약에 당신이 우리 인연의 줄을 너무 잡아당기려고만 하지 않는다면 나도 이 계약을 받아들이겠어요."

"당신이 제게 허락해주신 게 아주 적은 만큼, 그것만이라도 확실하게 제 소유로 하고 싶습니다."

"저를 불신부터 하시는군요."

"아닙니다. 순수한 기쁨을 누리기 위해서입니다. 우리가 서로 나누는 기쁨을 그 누구도 공유할 수 없게 하기 위해서이지요. 저 혼자만 부르는 부인의 이름을 갖고 싶습니다."

"너무 과한 요구를 하시는군요. 하지만 좋아요. 모르소프 백작은 나를 블랑슈라고 부릅니다. 이 세상에서 내가 가장 사랑했던 단 한 사람, 제 숙모께서만 나를 앙리에트라고 불렀어요. 당신에게 나는 다시 앙리에트가 되겠어요."

나는 그녀의 손을 잡고 입을 맞추었다. 그녀는 손을 내준 채 가만히 있었다. 그녀가 입을 열었다.

"당신을 위해 백작에 대해 이야기해줄 게 있어요. 그는 자존심이 강한 사람이에요. 그러니 얼마 동안 클로슈구르드에

짐짓 나타나지 말아보아요. 그러면 백작은 당신을 더욱 존중하게 될 거예요. 다음 일요일에 교회에 나가면 그이가 먼저 당신에게 다가갈걸요."

"아아, 부인을 못 본 채 어떻게 닷새를 지낼 수 있지요?"

"다시는 그런 열정적인 말투를 쓰지 말아요. 자, 늦었어요. 이제 그만 헤어져요." 그녀는 거의 명령조로 말했다.

나는 그녀의 손에 입을 맞추려 했다. 그러자 그녀가 잠시 망설이더니 내게 다시 손을 내밀면서 애원하듯 말했다.

"내가 내 손을 내드릴 때만 잡으세요. 내 자유의지를 존중해주어야 해요. 그렇지 않으면 난 당신의 소유물처럼 되어버릴 것이고 그건 옳지 않아요."

나는 인사를 하고 밖으로 나왔다. 밖으로 나와 뒤를 돌아다보니 그녀가 테라스에 서서 나를 바라보고 있었다. 내가 프라펠로 가는 길에 접어들었을 때도 여전히 달빛 아래 하얀 드레스가 보였다. 그리고 얼마 후 그녀의 침실에 불이 켜졌다. 나는 기쁨에 차서 중얼거렸다.

'오, 나의 앙리에트! 이 지상에서 가장 순순한 사랑을 그대에게!'

나는 계속 뒤를 돌아보며 프라펠에 도착했다. 이름 모를 충족감이 나를 가득 채우고 있었다. 온갖 숭고한 감정들이 내 안에서 일어나 서로 뒤섞였다. 나는 방 안에 들어가기 전에 어둠 속을 응시했다. 자기를 완전히 잊고 고통 받는 이들을 위하여 헌신하는 그녀가 너무나 위대해 보였다. 나는 갑자기 그녀가 한 말의 의미를 깨달았다. 그녀가 갑자기 숭고해졌다. 자기가 가족들에게 수호천사이듯이 내가 그녀에게 그런 존재가 되길 원한 것일까? 내게서 힘과 위안을 찾기 위해, 나를 자신과 같은 등급으로, 또는 그 이상으로 끌어올리려 한 것일까? 오오, 모든 위대한 순교자들이여, 당신들만이 나를 이해할 수 있으리라! 모르소프 부인이 불쌍하고 외롭기만 한 내게 어떤 존재로 일순간에 다가왔는지 이해할 수 있으리라!

3

그런 운명적인 일이 있었던 날은 화요일이었다. 나는 부인의 말대로 일요일까지 앵드르강을 건너지 않았다. 그런데 그 닷새 동안 클로슈구르드에서는 많은 일이 일어났다. 백작은 국왕으로부터 준장 직위와 생루이 훈장을 받았고 연금 4,000프랑을 하사받았다.

그것만이 아니었다. 몰락했던 부인의 친정도 거의 모든 것을 되찾았다. 부인의 아버지 르농쿠루 지브리 공작은 귀족원 의원으로 임명되어 두 개의 숲을 되찾았으며 궁정에서 관직도 얻었다. 그리고 그의 아내는 황제의 영지로 귀속되었던 재산을 되찾았다. 모르소프 부인은 이곳 멘 지역에서 가장 부유

한 상속녀가 된 것이다.

그녀의 어머니는 백작에게 10만 프랑을 주기 위해 클로슈구르드를 찾았다. 아직 주지 못했던 지참금 명목이었다. 백작은 지참금에 대해서는 그간 한 마디도 하지 않았었다. 그는 그만큼 자존심이 강했다. 백작은 자신이 저축해둔 돈을 합해서 연 수입 1만 프랑 가까이 보장되는 이웃 영지 두 곳을 구입할 수 있게 되었다.

르농쿠르 공작 부인의 클로슈구르드 방문은 온 지역에서 그 자체가 커다란 사건이었다. 일요일 저녁 예배는 미사가 끝나고 얼마 지난 후에 있었다. 미사를 끝내고 성당에서 나오며 셰셀 부인은 이웃들에게 앵드르강을 다시 건너갔다 오느니 두 시간을 프리펠에서 보내라고 권했다. 그들은 초대에 응했다. 프리펠로 가는 길에 셰셀 씨는 공작 부인과, 셰셀 부인은 백작과 팔짱을 끼고 걸었고 나는 백작 부인에게 내 팔을 내밀었다. 나는 처음으로 내 허리께에 그녀의 아름다운 팔을 느낄 수 있었다. 가슴이 두근거릴 수밖에 없었다.

나는 감히 침묵을 깰 용기가 없어 발걸음만 재촉했다. 몇 걸음을 옮긴 후 그녀가 내게 물었다.

"왜 이렇게 심장이 빨리 뛰지요?"

"부인께 아주 좋은 소식이 있었다고 들었습니다. 그래서 좀 불안해지는군요. 당신이 누리게 될 영화가 우리 우정을 잊게 만들지 않을까요?"

"내가요? 그런 생각 말아요. 다시 그런 말 했다가는 당신을 경멸하는 정도가 아니라 아예 내 기억에서 영영 지워버릴 거예요."

나는 그녀를 열에 들뜬 눈으로 바라보았다. 그런 나를 바라보며 그녀가 말을 이었다.

"우리는 바라지도 않던 혜택을 받았어요. 그렇다고 별로 변한 건 없어요. 어떤 일이 있더라도 나는 백작도, 클로슈구르드도 떠날 수 없어요. 왕실에서는 백작에게 지휘관 직위도 내렸어요. 하지만 백작은 거절했어요. 내가 그러라고 충고한 거예요. 물론 자크에게는 참 잘된 일이에요. 저의 아버지가 직무상 자주 뵙는 폐하께서 너그럽게도 그 특권을 나중에 자크에게 그대로 물려주겠다고 약속했어요.

우리는 자크의 교육에 대해 신경을 써야만 해요. 그 애가 르농쿠르 가와 모르소프 가를 대표하게 될 테니까요. 고민은 고민이에요. 자크는 몸이 약하니 내 보살핌을 받아야 하고, 또 그럴듯한 교육도 받아야 해요. 그 애는 어차피 나중에는 파리에 가야 해요. 누가 온갖 위험이 도사린 그곳에서 그 애를 지킬 수 있겠어요?"

그녀는 이야기를 계속했다. 그런데 갑자기 그녀의 목소리가 떨리기 시작했다.

"당신은 제 친구이지요. 당신의 얼굴을 보면, 특히 당신의 눈을 보면 언제고 높이 날아오를 사람임을 누구나 알 수 있어요. 도약을 하세요. 그런 후 제 사랑하는 아들을 보호해주세요. 파리로 가세요. 우리 가문 특히 어머니가 당신을 도울 거예요. 우리의 영향력을 이용할 수 있을 거예요. 당신이 어떤 길을 택하든 내가 아낌없이 후원해 드릴게요."

나는 부인의 말을 끊었다.

"부인, 잘 알겠습니다. 야망을 애인으로 삼겠습니다. 하지만 야망을 실현하기 위해 당신의 사람이 되지는 않을 겁니다. 당신 덕분에 무슨 특권 같은 것을 누릴 수 있게 되기는 싫습니다. 저는 저 혼자 힘으로 서겠습니다."

"어수룩하기는!" 그녀는 얼굴에 만족스런 미소를 띠며 속삭이듯 말했다. 나는 계속 말했다.

"어쨌든 저는 부인께 저 자신을 바쳤습니다. 저는 부인과 저를 엮었고 그 고리는 영원히 풀리지 않을 것입니다."

그녀는 놀란 듯 멈추어 서서 나를 바라보았다.

"무슨 뜻이지요?"

그녀는 우리와 동행하던 두 쌍이 우리로부터 약간 멀어질 때까지 기다렸다. 우리 곁에는 아이들만 있었다. 그녀가 계속 말했다.

"숙모님이 나를 사랑한 것처럼 사랑해주세요. 당신은 그분이 내게 사용하시던 이름을 쓸 수 있게 되었잖아요."

"그래요, 저는 하느님을 섬기듯 부인을 사랑하겠습니다. 저는 사제가 되어 자크에게 모든 것을 가르치겠습니다. 제 사랑은 종교처럼 성스러운 것입니다. 저를 사로잡았던 남자로서의 열정은 두려워하지 않으셔도 됩니다. 정화된 순결한 사랑을 부인께 바치겠습니다."

그녀의 얼굴이 창백해졌다.

"펠릭스, 앞으로 그런 말은 하지 말아요. 당신은 당신의 행복에 걸림돌이 될 약속을 하고 있는 거예요. 철없는 사람 같으니……. 좌절된 사랑을 사명으로 삼다니……. 인생을 결정하기 전에 인생의 시련을 겪어야만 해요. 내가 감히 명령하겠어요. 교회와도, 여자와도, 그 무엇, 그 누구와도 굳게 맺어지지 마세요. 당신은 이제 스물한 살입니다. 미래가 이제 겨우 흐릿하게 모습을 보이기 시작한 나이일 뿐이에요."

"그렇다면 저보고 어디에 희망을 걸라는 말씀이신가요?"

"친구여, 내 도움을 받아들여 성공하세요. 높은 곳에 오르고 출세해요. 내가 무엇을 바라고 있는지 알게 될 거예요. 그리고," 그녀는 마치 비밀을 털어놓듯이 말했다. "마들렌의 손을 놓지 말아요."

"마들렌이라니요! 그런 일은 있을 수 없어요!"

이 몇 마디 대화가 우리를 혼란에 빠뜨렸다. 우리는 침묵하는 가운데 마음속 동요를 겪고 있었다. 그때 프라펠의 정원 안으로 들어가는 문이 보였다.

나는 공작 부인에게 공손하게 대했다. 앙리에트의 어머니였기에 나는 그녀를 성스럽게 공경했다. 모르소프 백작이 나를 공작 부인에게 소개해주었다. 부인은 나를 냉정하게 관찰했다. 르농쿠르 부인은 56세였고, 나이에 비해 젊어 보였다.

그녀는 격식을 차리는 여성이었다. 나는 그녀의 얼굴을 보자 즉시 나의 어머니 얼굴을 떠올렸다. 그녀는 나의 어머니와 마찬가지로 차가운 피를 가진 족속이었다.

그녀가 나를 관찰하고 있는 사이 백작이 내게 와서 손을 잡더니 말했다.

"펠릭스, 우리 사이가 틀어진 건 아니겠지? 내가 좀 지나쳤으니 용서하게. 공작 부인이 떠나기 전날인 목요일에 자네를 초대하지. 나는 일 때문에 투르에 잠시 가 있을 건데, 클로슈구르드에 소홀하지 말게. 내 장모는 사귈 만한 분이야."

공작 부인이 나를 유심히 살펴보고 있음을 나는 알 수 있었다. 저녁 예배를 마치고 돌아오는 길에 그녀는 내 가족에 대해 이것저것 물었다. 그녀는 외교관인 방드네스를 혹시 아느냐고, 그가 내 친척은 아니냐고 내게 물었다. "제 친형입니다"라고 대답하자 그녀는 내게 다정해졌으며 나를 아주 정중하게 대했다.

사실 나는 우리 가문에 대해 아는 바가 없었다. 공작 부인은 내게 내가 이름도 모르는 내 종조부가 국무회의 일원이라는 것, 내 형이 승진했다는 것, 아버지가 다시 방드네스 후작이 되었다는 사실 등을 내게 알려주었다. 나는 국무회의가 뭔지도 몰랐고 정치나 사회에 대해서도 완전한 무지 그 자체였다. 내게는 앙리에트를 사랑하는 것 말고는 아무 야심도 없었다. 공작 부인은 내가 그런 일에 무관심한 것을 알고 나를 어린아이 취급했다.

프라펠에는 손님이 많았다. 거의 30명이나 되었다. 즐거운 저녁이었고 즐거운 하루였다. 명랑한 나를 보고 앙리에트도 명랑해졌고 백작도 즐거워했다.

그다음 날 나는 클로슈구르드에 갔다. 백작은 구매 계약서 작성을 위해 새벽에 투르로 갔다. 나는 공작 부인과 딸 사이의 갈등을 충분히 눈치챌 수 있었다. 공작 부인은 딸에게 파리에 가서 살자고 했다. 백작 부인은 아이들 건강 때문에 이곳을 떠날 수 없다고 맞섰다. 그녀는 모르소프 백작이 앓고 있는 병에 대해서는 한마디도 하지 않았다. 계산적이고 욕심이 많은 한 여인과 한없이 부드럽고 애정으로 가득 찬 그녀의 딸 사이가 어떤 것인지 조금이라도 실감하려면 강철로 된 기계 톱니바퀴 사이에서 으깨지는 백합을 상상하면 될 것이다.

앙리에트는 어머니와의 불화로 생긴 새로운 고민들을 내게 고백했다. 나는 그 고통 속에서도 그 모든 것을 인내하며 자신을 잃지 않고 살아온 것에 대해 진정으로 감탄했다. 나는 숙모가 자기를 사랑했듯 사랑해달라는 말이 무슨 뜻인지 보다 잘 이해할 수 있게 되었다. 나는 공작 부인에게 위선의 옷을 입고 온갖 예의를 다 했다.

목요일에 만찬이 열렸고 그다음 날 공작 부인은 이곳을 떠났다. 그리고 이곳 클로슈구르드는 다시 이전의 클로슈구르드로 돌아왔다. 하지만 내 위상은 달라져 있었다. 나는 그곳에서 전보다 더 확고한 자리를 차지할 수 있었으며, 나는 그 누구의 눈치도 보지 않고 언제나 그곳에 갈 수 있게 되었다.

백작 부인과 나는 각자의 역할을 굳혔다. 백작 부인은 나를 모성애로 감싸주었다. 그녀 앞에서 나의 사랑은 천사처럼 숭고해졌다. 하지만 그녀와 떨어져 있게 되면 붉게 달구어진 쇠처럼 뜨겁게 변해버렸다. 그녀를 향한 내 사랑은 그렇게 양면적이었다.

또한 나는 그녀에게 베일에 가려진 사랑이어야 했다. 하지만 나는 괴롭지 않았다. 나는 그 번민에서 달콤함을 맛보았고,

말없는 희생 가운데 무언지 모를 충족감을 느꼈다.

그녀는 자신의 손등에 내 입맞춤을 허락했다. 하지만 손바닥은 허락하지 않았다. 두 영혼은 서로를 갈망하며 열정적으로 엉켰지만 육체적 욕망은 철저히 억압했다. 나는 젊었다. 더욱이 그녀가 첫사랑이었다. 첫사랑을 할 때는 그녀의 모든 것을 사랑하게 되는 법이다. 그녀의 아이들이 곧 내 아이들이었으며, 그녀의 집이 곧 내 집이었다. 그녀의 이해관계가 다 내 이해관계였고 그녀의 불행은 곧 나의 불행이었다. 나는 곧 그 집안의 식구가 되었고 처음으로 느끼는 그 행복감에 내 영혼은 위안을 받았다. 남의 집에서 은밀히 안주인의 총애를 받으며 그녀의 사랑의 대상이 되었을 때의 행복은 그런 일을 겪어본 남자만이 안다.

한편 나는 견디기 힘든 백작의 성격에 대해 더 잘 알게 되었다. 그는 사소한 것에 대해 끊임없이 푸념을 일삼았고 언제나 불만족에 가득 차 있었으며 항상 누군가를 괴롭히기 위해 준비를 하고 있는 사람 같았다. 그는 끊임없이 불평을 늘어놓았고 그 끝에는 항상 아내의 예민한 부분을 건드렸으며 그런 한심한 권력을 휘두르면서 쾌감을 느끼는 것 같았다. 그는 어른이면서도 자크와 마들렌을 질투하고 그들처럼 보살핌을 받기를 원했다. 나는 부인의 고통을 함께 나누면서 행복해했다. 백작의 사악함을 모두 참아낼 수 있었다. 나는 그녀의 곁에 있기 위해 그의 폭력에 자발적으로 몸을 맡겼다.

어느 날이었다. 나는 이른 시각에 클로슈구르드로 갔다. 거실의 화병에 꽃이 없는 것이 눈에 띄었다. 나는 들판으로 나가 꽃다발을 만들기 위해 꽃을 찾아다녔다. 꽃들을 꺾으며 나는 새삼스레 꽃들의 아름다움에 감탄했다. 색과 잎의 조화가 나를 감동시켰다. 색들이 나름대로 의미가 있는 것 같았다. 자크와 마들렌과 함께 나는 두 개의 꽃다발을 만들었다. 나는 그 꽃다발 속에 내 감정을 담으려고 애썼다. 흰 장미와 은색 백합을 바탕으로 수레국화, 물망초, 지치과 등이 푸른빛을 발하고 있었다.

그것은 그대로 두 종류의 순수함이었다. 하나는 아무것도 모르는 순수함이었고 다른 하나는 모든 것을 다 아는 순수함이었다. 아이의 순수함과 순교자의 순수함이었다.

백작 부인은 꽃다발을 받고 그 모든 것을 눈치챘다. 그녀는 수치심과 기쁨을 동시에 보여주는 눈빛을 내게 보냈다. 그 눈빛은 내게 큰 보상이었다. 동방에서는 꽃의 색과 향기가 글을 대신한다. 사랑의 빛을 받고 피어난 꽃들, 태양의 딸들을 통해 감정을 표현한다는 것은 너무나 설레는 일이었다. 나는 곧 들꽃들과 의사소통을 할 수 있게 되었다.

그때부터 프라펠을 떠나는 날까지 나는 1주일에 두 번 씩 그렇게 꽃들로 시를 짓는 일을 계속했다. 나는 식물학자가 아니라 시인의 자세로 식물들을 깊이 연구했다. 나는 꽃을 찾기 위해 물가, 바위 꼭대기, 작은 계곡, 광야 한복판 등 어디든지 갔다. 나는 몽상가들만 알 수 있는 재미에 몰두했다. 자연의 무한한 의미, 거기 깃든 깊은 사상을 이해했다.

나는 꽃들의 침묵에서 화음을 들었다. 꽃다발 하나를 만드는 데도 최소한 세 시간은 걸렸다. 그 꽃들에는 그 꽃들을 피운 장엄한 자연이 함께 들어 있었다. 어떤 사랑의 고백도, 어떤 열정도, 꽃들의 교향곡만큼 강한 전염성을 지니지는 못할 것이다. 꽃들은 베토벤의 교향곡과 같은 힘을 발휘했다. 그녀는 그 꽃들을 보며 그 꽃들 속에서 내 모든 생각들을 읽었다. 우리는 꽃다발을 통해 화려하게 교감했다.

백작은 바빴다. 최근에 새로 사들인 땅 때문에 그는 쉴 없이 출장을 가야 했으며 농사일로도 눈코 뜰 새 없었다. 덕분에 그와의 잔인한 주사위 놀이는 더 이상 하지 않아도 되었다. 백작 부인과 나는 두 아이와 함께 그의 새 영지로 그를 자주 보러 갔다. 아이들은 가는 길에 꽃다발을 만들었다. 더없이 행복한 나날들이었다. 그렇게 행복한 날들이 흘러갔다.

드디어 포도 수확의 계절이 돌아왔다. 투렌의 가을은 항상 화창하다. 이 지역 인심은 후해서 일꾼들에게도 집에서 식사를 대접했다. 그들에게는 일종의 생일잔치 비슷했고, 모두에게 축제와 같았다. 나도 아이가 되어 자크, 마들렌과 함께 포도 수학에 나섰다. 어찌 보면 내가 그 아이들보다 더 어린아이가 되었다.

수확 마지막 날 클로슈구르드 앞뜰에서 무도회가 열렸다. 모든 이를 위한 흥겨운 축제였다. 즐거운 축제가 끝나고 돌아오는 길에 백작 부인은 나와 팔짱을 꼈다. 그녀가 내게 기대자 내 가슴에 그녀 가슴의 무게가 느껴졌다. 어머니가 자식에게 자신의 기쁨을 전달하려는 몸짓과 같은 것이었다. 그녀는 내게 말했다.

"당신은 우리에게 행복을 가져다줘요. 내 삶이 이렇게 행복했던 적은 없어요. 인생이 희망으로 아름다워지고 있어요. 나를 떠나지 말아요!"

나는 그녀에게 내가 속에 가지고 있던 생각을 털어놓았다. 자크의 가정교사가 되기 위해 열심히 공부하고 있다고 말한 것이다. 내 말에 그녀는 진지해졌다.

"안 돼요, 펠릭스. 당신의 말이 내 모성을 감동시켰어요. 하지만 나에 대한 애정 때문에 당신의 미래를 망치면 안 돼요. 방드네스 자작인 당신이 가정교사가 돼요? 그렇게 되면 평생 당신 앞날이 가로막혀요. 나도 당신에게 도움을 줄 수 없게 될 거예요."

"부인의 사랑만 있다면 그게 다 저에게 무슨 상관이겠습니까?"

그녀는 내 말을 못 들은 척 말을 이었다.

"저의 아버지는 아주 좋으신 분이에요. 하지만 당신이 사회에 첫발을 잘못 내딛게 되면 받아들이지 않으실 거예요. 당신을 후원하려 하지 않으실 거예요. 당신이 황태자의 가정교사가 되더라도 나는 찬성할 수 없어요. 당신 제안은 무모

한……."

내가 재빨리 그녀의 말을 가로채며 말했다.

"사랑입니다."

"아니에요. 동정이에요. 그건 어리석은 거예요. 다정(多情)이 병이라는 말이 있잖아요. 당신이 그렇게 될 거예요. 지금부터 나는 당신에게 내 권리를 행사하겠이요. 당신을 가르쳐줄 권리 말이에요. 나는 이곳 클로슈구르드에서 조용히 당신이 출세하는 것을 지켜보겠어요."

나는 그녀의 말을 침묵으로 받아들이는 수밖에 없었다.

하지만 그런 행복의 나날들이 마냥 계속될 수는 없었다. 역시 백작 때문이었다.

어느 날, 나는 10시 반쯤 프라펠을 나섰다. 마들렌과 함께 클로슈구르드에서 꽃다발을 만들기로 약속을 해놓았었다. 나는 정원과 근방을 오가며 아름다운 가을꽃들을 찾아다녔다.

그때였다. 마들렌이 클로슈구르드 쪽에서 고함을 치는 소리가 들렸다.

"장군이 어머니를 야단치고 있어요. 빨리 가서 어머니를 도

와주세요."

장군이란 별명은 백작이 기분 좋을 때 우리가 아무 악의 없이 그에게 붙인 것이었다. 그런데 마들렌은 아버지가 미울 때 '장군'이란 호칭을 사용했다.

나는 계단을 뛰어올라 거실에 도착했다. 나는 미친 듯한 백작의 고함 소리를 듣고 모든 문을 닫았다. 앙리에트는 자신이 입고 있는 옷만큼 창백해져 있었다.

나를 보자 백작이 말했다.

"이보게 펠릭스, 결혼하지 말게. 여자는 악마의 충고를 따른다네. 여자는 이 세상에 악이 존재하지 않는다면 기어코 그걸 만들어내고야 말 거야. 아무리 착한 여자라도 마찬가지야. 여자는 모두가 야수와 같아."

그는 말도 안 되는 논리를 내게 퍼부어댔다. 만일 자신이 클로슈구르드를 관리했다면 수익이 두 배는 됐을 거라는 이야기도 했다. 그는 욕설을 퍼부었고 가구들을 주먹으로 쳤다. 그리고 아내가 자신을 파산시키고 있다고 우겼다. 그가 지금 가진 3만 프랑이 넘는 연금 중 3분의 2를 부인이 갖다준 것을 나도 알고 있는데! 백작 부인은 당당하게 미소를 지으며 하늘을 올려다보았다.

그 모습을 보고 그가 소리쳤다.

"블랑슈, 당신은 나를 아예 죽이고 있어. 내가 짐이 되니까 아예 나를 없애려는 거지! 당신은 가증스러운 위선자야. 저 여자가 지금 웃고 있네! 펠릭스, 그녀가 왜 웃는지 아나?"

나는 말없이 고개만 숙였다.

"저 여자는 내 행복을 빼앗고 있어. 남편인 나를 남인 자네와 똑같이 대하면서 내 아내 행세를 하고 있다고! 나 없이 혼자 있으려고 나를 자주 심부름 보내잖아. 그녀는 날 좋아하지 않아. 날 증오하지. 온갖 술수를 다 부려 젊음을 유지하려 하고……. 저 여자는 자기가 무슨 성녀나 되는 것처럼 내게 금욕을 강요하고 있어. 날 미치게 만들려는 거야. 나를 서서히 괴롭혀서 죽이려는 거야."

백작 부인은 수치심에 뜨거운 눈물을 흘리며 "오오, 여보! 여보!"라고만 할 뿐이었다.

백작은 흉한 늑대 같은 얼굴을 하고서 그녀에게 다가갔다. 앙리에트는 주먹이라도 날아올 것 같아서 바닥으로 미끄러졌다. 주먹질은 날아오지 않았다. 그녀는 기절하여 마루 위로 쓰

러졌다. 백작은 마치 살인이라도 저지른 것처럼 얼이 빠진 채
서 있었다.

　나는 그 가엾은 여인을 안았다. 백작은 자신이 그녀를 안을
자격이 없다는 것을 아는 듯, 침실의 문을 열어주었다. 내가
한번도 들어가본 적이 없는 신성한 침실이었다. 나는 부인을
한쪽 팔로 지탱해 세우고 다른 팔로 허리를 감쌌다. 그동안 모
르소프 백작은 침대 이불을 걷었다. 우리는 함께 그녀를 침대
에 눕혔다. 겨우 정신을 차린 앙리에트가 벨트를 풀어달라고
손짓으로 애원했다. 모르소프 백작은 가위로 벨트를 잘랐다.
내가 각성제를 코로 들이마시게 하자 그녀가 눈을 떴다. 백작
은 부끄러운 듯 다른 곳으로 가버렸다.

　깊은 침묵 속에 두 시간이 흘러갔다. 앙리에트는 아무 말
없이 내 손을 꼭 쥐고 있었다. 나는 다정하고 부드럽게 그녀
의 손을 잡았다. 그녀의 신경이 안정되자 나는 그녀의 흐트러
진 머릿결을 손으로 정리해주었다. 그녀의 머릿결을 만진 것
은 그때가 처음이자 마지막이었다. 나는 다시 그녀의 손을 잡
고 그녀의 침실을 오랫동안 감상했다. 페르시아 융단으로 된
커튼이 달린 침대, 옛날식으로 정리된 화장대, 누빈 매트리스

가 깔린 좁은 소파!

사치가 발을 들여놓을 수 없는 소박한 침실이었다. 하지만 그곳은 얼마나 시적인 장소였던가! 그곳에는 신성한 체념이 들어차 있는, 결혼한 수녀의 고결한 방이었다. 장식이라고는 벽에 걸린 십자가뿐이었다. 그 위에 숙모의 초상화와 그녀가 연필로 그린 두 아이의 초상화가 있었다.

아이들과 하녀가 들어오자 나는 그 방에서 나갔다. 백작이 내 손을 잡으며 계속 있으라고 했으나 나는 프라펠로 돌아갔다. 셰셀 씨의 집에 손님들이 오게 되어 있었고 내가 자리를 비우기는 곤란했다.

프라펠로 돌아와 나는 생각했다. 이것은 서서히 진행되는 살인이었다. 처벌을 받지 않을 뿐 명백한 죄악이었으며 잔인한 고문이었다. 나는 밤을 꼬박 새워 그녀에게 편지를 썼다. 서너 번을 썼지만 하나도 마음에 들지 않았다. 그녀를 염려한다고 하면서 내 이야기만 늘어놓은 꼴이 되어서 모두 없애고 서문 하나만 남겨놓았다. 역시 마음에 들지는 않았지만 내 심정은 잘 보여준다.

모르소프 부인께,

사랑하는 앙리에트, 당신만 보면 아름다운 당신의 마음에 어울릴 만한 말이 떠오르지 않아요. 그저 행복을 느끼며 다른 감정들이 모두 지워져버립니다.

저는 당신과 떨어져 있어야만 당신에 관한 이야기를 할수 있게 됩니다. 당신 곁에 있을 때는 너무나 눈이 부셔당신을 바라볼 수 없고 당신에게 너무 감동하여 말을할 수도 없습니다. 당신과 함께 있을 때 제가 자주 실수를 저지르는 것은 제가 그렇게 항상 도취되어 있기 때문이랍니다.

그렇지만, 사랑하는 앙리에트, 감히 말씀드리겠습니다. 당신이 제게 안겨준 기쁨 중에 어제 같은 기쁨은 없었습니다. 당신은 초인적인 용기로 홀로 악에 대항한 후당신의 침실에서 저만의 소유가 되었기 때문입니다. 아아, 당신의 목소리가 얼마나 아름다웠는지요! 제가 여태까지 본 당신은 이 지상의 모든 광채로 빛이 났습니다. 오오, 앙리에트, 어제는 하느님께서 허락하신다면제 것이 될 수도 있는 새로운 앙리에트를 만났습니다.

어제 저는 그대의 아름다움보다 더 아름답고, 그대의 목소리보다 더 감미로운 것을 찾아냈습니다. 어제 저는 그대의 영혼을 보고 만질 수 있었던 것입니다. 아, 저는 그대에게 제 가슴을 열고, 내 가슴 안에서 그대를 살려낼 수 없다는 것이 얼마나 괴로웠는지!

사랑하는 낭리에드! 니는 어제 당신에 대해 지니고 있던 경외심을 털어버렸습니다. 당신이 실신했기에 우리는 더 가까워진 것이 아닌가요? 저는 당신과 함께 숨 쉰다는 것이 무엇을 의미하는지 비로소 알게 되었습니다. 오오, 그 순간 나는 하늘을 향해 얼마나 간절한 기도를 올렸던 것인지! 아아, 그대는 제게 신성한 사랑을, 너무나 굳건하고 영원해서, 그 어떤 의심이나 질투도 끼어들 수 없는 사랑을 알게 해주었습니다.

그다음 날 내가 거실에 들어섰을 때 그녀는 홀로 있었다. 그녀는 내게 손을 내밀고는 한참 동안 말없이 나를 바라보았다. 이윽고 그녀가 내게 말했다.

"친구 사이에 그렇게 지나치게 다정해도 되는 건가요?"

그녀의 눈은 젖어 있었다. 그녀는 자리에서 일어나더니 애원하듯 내게 말했다.

"다시는 내게 그런 편지 쓰지 말아요."

나는 그냥 고개만 떨구었다.

그날 저녁 낙엽 위를 산책하며 그녀가 다시 말했다.

"고통은 무한하고 기쁨은 유한한 법이에요." 그녀가 누렸던 행복의 덧없음과 지금의 괴로움을 드러내는 말이었다.

나는 고동치는 내 심장에 그녀의 손을 갖다 대면서 말했다.

"삶을 그렇게 비하하지 마세요. 부인, 부인은 아직 사랑을 모르고 있어요. 사랑의 기쁨은 하늘에까지 빛이 뻗치는 법입니다."

그러자 그녀가 손을 빼면서 말했다.

"제발 나를 더 고통스럽게 하지 말아요. 아아, 나는 죽는 편이 나은 삶을 살고 있어요. 아이들이 없었다면 나는 그냥 흘러가는 대로 맡길 수도 있어요. 하지만 아이들에게는 내 용기가 필요해요. 나는 내 삶이 아무리 고통스러워도 그들을 위해 살아야 해요. 그런 내게 당신이 사랑을 이야기할 수 있어요? 아아, 무자비한 그 사람에게 나를 경멸할 빌미를 줄 수는 없어요. 나는 곧바로 지옥에 떨어질 거예요. 나는 터럭만한 의심도 받아선 안 돼요. 내가 용납할 수 없어요. 내 지조가 곧 내 힘이랍니다."

"오, 사랑하는 앙리에트, 제발 제 말에 귀를 기울여주세요. 제가 이곳에 머물 날도 이제 1주일밖에 남지 않았어요. 조금만 있으면 벌써 석 달이……."

"아, 당신이 우리 곁을 떠나는군요."

나는 절망할 수밖에 없었다. 도대체 무슨 악령이 이 세상을 지배하고 있기에 이 천사를 모르소프 백작 같은 사람과 맺어준 것이란 말인가!

얼마 후 드디어 내가 그곳을 떠나기 전날이 되었다. 낙엽지는 가을이었다. 모르소프 부인은 저녁 식사 전에 나를 테라스로 이끌었다. 그리고 그녀가 내게 말했다.

"사랑하는 펠릭스, 당신은 사회에 발을 들여놓게 될 거예요. 나도 당신과 함께할 거예요. 물론 생각만으로요. 고통을 당한 사람들은 그 자체로 세상 경험을 많이 한 셈이랍니다. 고독한 영혼들이 세상에 대해 아무것도 모르리라고 생각하지 말아요.

나는 당신을 통해 세상을 살아가게 될 거예요. 당신 가슴 속에서, 당신 양심 속에서 거북한 존재가 되고 싶지 않아요. 당신에게 어머니가 아들에게 해주는 충고를 해주고 싶어요. 사랑하는 아들, 당신이 떠나는 날, 아주 긴 편지를 주겠어요. 세상에서 만나게 될 난관을 헤쳐나갈 수 있는 지혜들을 적어 줄 거예요. 대신 약속해주어야 해요. 파리에 도착한 후에 읽도 록 해요."

그녀의 목소리는 모성애에 가득 차 있었다. 그리고 얼마나 많은 끈들이 우리를 맺어주고 있는지를 알 수 있었다. 나는 눈 물을 흘렸다. 그녀는 다정하면서도 가혹했다. 그녀의 감정은 너무 순수하기에 가혹했다. 그녀는 쾌락에 목말라하는 젊은이 에게는 아무 희망도 줄 수 없었다. 그녀의 어깨에 탐욕스럽게 달려들게 만들었던 내 열정은 그녀의 순수함에 비해 너무 얼 룩져 있었다. 그녀는 나의 얼룩진 날개로는 도저히 도달할 수 없는 높은 곳으로 올라가 있었다. 그런 그녀를 잡으려면 그런 얼룩진 날개가 아니라 천사의 하얀 날개가 있어야 했다.

나는 그녀에게 진심으로 말했다.

"그 어떤 일에 있어서건, '나의 앙리에트는 어떻게 생각할까?'라고 나는 자문하겠습니다."

"좋아요. 나는 당신의 별이자 성소(聖所)가 되겠어요."

다음 날 나는 그곳을 떠났다. 그곳을 떠나면서 나는 갑자기 그 나라 말을 모르는 외국으로 떠나는 것 같은 느낌이 들었다.

4

파리는 내게 사막이었다. 앙리에트는 그 사막 속에서 높이 떠오른 별이었다. 나는 그 별을 내 가슴에 간직한 채 사막에서 살아남기 위해 그곳으로 가고 있었다. 나는 파리로 가는 내내 그녀가 전해준 편지를 만지작거렸다. 나는 잠자리에 들어 그녀의 편지를 읽었다. 절대적인 침묵 속에서 읽기 위해서였다. 사랑하는 사람의 편지를 어떻게 다른 식으로 읽을 수 있단 말인가! 나탈리, 이것은 밤의 침묵 속에서 내게 울린 사랑의 음성이며, 내게 참된 길을 가리키기 위해 우뚝 솟은 위대한 자태다.

친구여, 당신이 사회에서 겪을 위험을 능숙하게 헤쳐나갈 수 있도록 내 경험의 파편들을 모으려니 행복하고 즐겁답니다. 이 글을 한 문장, 한 문장 쓰면서 나는 당신 앞에 펼쳐질 당신의 미래를 상상하고 이따금 창가로 갔답니다. 달빛에 비춰진 프라펠의 탑을 바라보며 나는 생각하곤 했어요.

'그는 지금 잠들어 있겠지. 내가 그를 지키고 있는 거야.'

그럴 때면 요람 안에서 잠든 자크를 바라보며 느꼈던 내 인생 최초의 행복을 다시 느끼며 황홀해했지요. 당신은 내 가르침으로 정신적으로 무장해야 하는 아이와 같은 어른이 아니겠어요? 당신이 다녔던 학교에서는 아무도 그런 것을 가르쳐주지 않았지요. 우리 여성들은 그런 것들을 가르쳐줄 특권을 지니고 있어요. 이런 사소한 가르침들이 당신들의 성공을 준비해주고 그 기반을 탄탄하게 해주지요. 당신 같은 어린아이는 그런 가르침을 받을 준비가 잘 되어 있고요.

사실 사회에 당신을 넘기는 것은 곧 당신을 포기하는 걸 뜻하기도 해요. 하지만 나는 당신의 찬란한 미래를 위해 내 행복을 희생할 수 있어요. 그만큼 당신을 사랑하니까요. 거의 홀로 사람들 사이에 뛰어들려고 하는 내 양아들을 생각하니 어떤 규범과 풍습이 우리 사회를 지배하고 있는지 한결 또렷하게 떠오릅니다. 내가 숙모님과 아버지에게 들은 말들이 내 기억 속에서 환히 그 모습을 드러냅니다.

우선 간결하게 한마디 하겠어요. 당신이 사회 속으로 들어가기로 한 이상, 당신은 그 사회를 이루고 있는 조건들에 불만을 가지면 안 돼요. 앞으로 그 조건들과 당신 사이에 일종의 계약이 맺어질 것이니까요.

오늘날의 사회는 개인에게 이득을 주기보다는 사람들을 이용한다고 말해도 될까요? 사실일 거예요. 하지만 사회가 개인에게 주는 것보다 요구하는 게 더 많다고 해도 당신은 전적으로 받아들여야 합니다. 아주 단순한 원리이지만 실천은 아주 어려워요. 이런 건 책에 씌어 있지도 않고 그 누구도 가르쳐주지 않아요. 이건 숨겨진 사회의 법칙이에요. 그걸 어긴다면 당신은 사회를 지배하는 자리에 오르지 못하고 그 밑바닥에 머물게 될 겁니다.

사랑하는 이여, 나는 출세와 치부를 위해 무슨 짓이라도 하라고 말하는 게 아니랍니다. 그건 범죄자가 되는 것과 같아요. 그런 행동에 대해서는 당신이나 나나 혐오감을 느낄 거예요. 저는 사회에 대한 책임감에 대해 말하고 있는 거예요.

그래요, 사람들은 각자 나름내로 서로에게 의무를 지니고 있어요. 출세를 한다는 건, 그렇지 못한 사람들보다 더 큰 의무를 지니게 되는 걸 뜻해요. 따라서 성공한다는 건 각자 자기 방식으로 빚을 갚는 걸 뜻하기도 해요. 당신에게 당신의 지성과 재능에 걸맞은 위치를 부여한 사회에 대해 당신은 그런 의무를 지닌 채, 다음과 같은 원칙을 세워야 합니다.

우선 사적이건 공적이건 양심에 어긋나는 행동은 절대 하지 말아야 해요. 정직, 신의, 의리와 예절이 가장 확실한 출세의 도구입니다. 겉으로는 단순해 보이지만 아주 중요해요.

아마 많은 사람들이 말할 겁니다. 이 이기적인 세상에서 도덕적인 원칙을 너무 지키다보면 앞으로 나가는 데 방

해가 된다고 말이에요. 맞는 말일 수도 있어요. 출세가 더뎌질 수도 있겠지요. 하지만 기반은 더욱 단단해질 거예요. 남들이 무너질 때 든든히 버틸 수 있어요.

내가 예절을 강조하면 당신은 웃을지 모르겠어요. 하지만 내가 강조하는 예절은 당신이 기숙학교에서 배운 형식적이고 표면적인 게 아니에요. 진정으로 세련된 예절과 아름다운 매너는 마음속에서 우러나오는 것이고 개인의 자존심에서 나오는 것이랍니다. 아무리 좋은 교육을 받은 귀족이라도 기품이 없는 건 그 때문이에요. 의젓한 어투와 말 속에 시심이 녹아 있다면 얼마나 매력적이겠어요? 얼마나 큰 힘을 발휘하겠어요? 진정한 예절에는 그리스도 정신이 녹아 있답니다. 나는 당신이 그러기를 원해요. 진정한 예절이란 자신을 감추는 게 아니라 자신을 희생하며 높은 정신을 보여주는 데 있답니다. 앙리에트를 기억해서라도 당신은 정신과 형식을 동시에 갖춰주세요.

이번에는 당신이 피해야 될 위험에 대해서 이야기해줄게요.

친구여, 절대 자만해서도 안 되고 평범해서도 안 되고 너무 열정적이어서도 안 됩니다. 이게 반드시 피해야 할 세 가지 위험이에요. 너무 자신만만하면 존경을 받지 못하고, 너무 평범하면 멸시를 당하고, 열정이 지나치면 이용당하기 십상이에요. 게다가 사람은 일생 동안 친구를 두 명 또는 세 명 이상 갖지 못하게 되어 있답니다. 당신의 믿음과 신의는 오로지 그들에게만 주어야 해요. 그것을 여러 사람들에게 나누어주는 것은 곧 그들을 배반하는 것과 같아요.

진정한 친구 외에도 친근한 관계를 맺는 사람들이 더러 있을 수 있지요. 하지만 그들에게 스스로의 속내를 너무 많이 보이지 말아요. 언젠가 그들이 경쟁자가 될 수 있고, 심한 경우 적이 될 수도 있답니다. 너무 차갑지도 않고, 너무 다정하지도 않은 태도로 일관하면서 어디에도 연루되지 않은 중간선을 견지하도록 하세요.

당신은 그렇지 않겠지만 너무 평범한 사람이 되면 절대 안 돼요. 나약한 사람들은 평범한 삶 속으로 도피하지요. 하지만 사회는 각 개인들을 하나의 부품처럼 여기게 되어 있답니다. 그래서 나약한 사람들을 무시하고 이용하지요. 사회는 어머니라기보다는 계모에 가까워요. 계모란 자기의 허영심을 만족시키는 자식들을 편애하는 법 아니겠어요? 사회도 꼭 그와 같아요.

지나친 열정을 왜 경계하느냐고요? 청춘이 범하는 실수 중 하나가 바로 그것이기 때문이에요. 젊음은 힘을 발휘하는 데서 기쁨을 느낀답니다. 그러다 보면 다른 사람들에게 속기 전에 자기 자신에게 속게 된답니다. 그 열정은 좀 아껴두세요. 진정한 사랑과 하느님을 위해. 그 열정이라는 보물을 정치적 이해타산에 갖다 바치지 마세요. 당신의 그 순수한 감정들은 남들이 접근할 수 없는 곳에 두고 그것을 엿본 예술가가 걸작을 꿈꾸도록 만드세요.

예의범절의 가장 중요한 규칙 한 가지를 말씀드릴게요. '자기 자신에 대해 절대 이야기하지 않는다'가 바로 그 규칙입니다. 그냥 알고 지내는 사람들에게 당신의 고통, 즐거움, 사사로운 일상사들을 이야기해보세요. 처음에는 관심 있는 척하다가 곧 냉담해질 거예요. 모든 이의 호감을 사고, 붙임성도 있고 의리 있는 사람으로 대접받고 싶은가요? 그러려면 상대방들에 대한 이야기를 해봐요. 그들을 돋보이게 만들어봐요. 그들의 이마는 환해지고 입술에는 미소가 떠오를 거예요. 당신이 그 자리를 떠난 뒤에도 그들은 당신을 칭찬할 거예요.

벗이여, 당신은 젊어요. 그러니 성급한 판단을 내리기 쉬워요. 하지만 스스로 기특한 판단이라고 생각하는 경우라도 해가 되는 경우가 많답니다. 옛날엔 젊은이들에게 침묵을 가르쳤어요. 그런데 요즘은 그런 교육이 사라졌어요. 자기만의 칼날로 남들의 글, 생각, 행동을 날카롭게 재단하는 법만 가르치지요.

그런 나쁜 버릇은 익히지 말아요. 그런 판결은 주위 사람들을 다치게 할 수 있어요. 젊은이들은 인생의 희로애락에 대해 아직 아무것도 모르기 때문에 관용을 베풀 줄 몰라요. 나이가 든 평론가는 자비롭고 온화한 반면 젊은 평론가는 무정하기 마련이지요. 후자는 아무것도 모르고 전자는 모든 것을 알기 때문이지요. 인간의 모든 복잡한 생각과 행동은 인간이 쉽게 판단할 수 없어요.

하느님만이 최종 심판을 내릴 수 있을 뿐이에요. 당신이 엄격해야 한다면 그건 바로 자기 자신에 대해서예요.

젊은 벗이여, 당신은 출세할 가능성이 아주 높아요. 하지만 그 누군가의 도움이 없다면 결코 출세할 수 없어요. 당신이 나의 아버지 댁에 출입할 수 있도록 내가 이미 말씀드려놓았어요. 그러니 그곳을 자주 찾아가도록 해요. 그곳에서 당신에게 도움이 될 사람들과 많은 친분을 쌓도록 해요. 아주 유용할 거예요.

하지만 나의 어머니에게는 한 치도 양보하지 말아요. 그분은 자신에게 굽실거리는 자는 더 짓밟는 분이고 자기에게 맞서는 자의 자존심에는 감탄하는 분이랍니다. 그분은 강철 같은 분이에요. 자기보다 약한 물질은 모두 부수어 버리지요. 어머니와 잘 사귀어봐요. 어머니가 당신에게 호의를 갖게 되면 여러 살롱으로 안내할 거예요. 거기서 당신은 사교계에 필요한 처세술들을 배우게 될 거예요. 듣고, 말하고, 대답하고, 자기 소개하는 기술과 언변을 배우게 될 거예요. 물론 옷을 잘 입었다고 그 사람이 천재가 되는 것이 아니듯이 언변이 그 사람이 뛰어나다는 증거는 될 수 없어요. 하지만 훌륭한 언변이 없다면 아주 탁월한 재능을 지닌 사람도 절대로 인정받을 수 없어요.

당신은 내가 바라는 대로 될 거라고 나는 확신해요. 그건 헛된 환상이 아니에요. 그만큼 나는 당신을 잘 알아요. 당신은 꾸밈이 없고 말투는 온화한 사람, 거만하지 않으면서 자존심이 강한 사람, 노인들을 공경할 줄 아는 사람이 될 수 있어요. 당신은 유치하지 않으면서 친절하고 신중한 그런 사람이 될 수 있어요. 신중한 건 아주 중요해요. 재치를 발휘해야 하지만 절대로 다른 사람들 광대 노릇을 하면 안 돼요. 내가 이야기한 모든 것은 '노블레스 오블리주(지위가 높으면 그만큼 덕도 높아야 한다)'라는 옛말 한마디로 요약할 수 있답니다.

이제 이런 원칙들을 실제 삶에서 구체적으로 적용해서 이야기해볼게요.

친구여, 교활함을 이 세상 처세술의 으뜸으로 삼는 사람들도 많지요. 사람들을 이간질해서 그 틈새에 자기 자리를 마련하려는 거지요. 하지만 어떤 사람이 의리 있고 정직한 사람이냐, 아니면 모함과 사기를 일삼는 비열한 사람인가는 결국 드러나게 되어 있어요. 비열한 사람에게는 정당한 방법으로 맞서야 해요. 적을 만드는 것을 두려워하지 말아요. 당신이 나아가게 될 그 세계에서 가장 불쌍한 사람 중 하나가 바로 적이 없는 사람이랍니다. 줏대가 없다는 뜻이니까요. 당신은 최종 결정을 할 때 단호한 모습을 보여야만 해요. 그래야 존경을 받을 수 있어요. 저는 한 마디로 정리할 수 있어요. '어떤 술책이나 속임수는 결국 탄로가 나서 해를 끼치게 된다, 정직함을 견지하면 어떠한 상황에서도 안전하다'는 거지요.

다시 한 번 강조할게요. '노블레스 오블리주예요!' 그래요. 당신은 선과 덕을 베풀어야 해요. 그러나 고리대금업자가 돈을 빌려주듯이 선을 베풀라는 건 아니에요. 선은 그 자체로 아무 보상 없이 행해져야 하는 거니까요. 하지만 사람들이 도저히 갚기 힘든 그런 덕은 베풀지 말아요. 그러면 상대방은 오히려 당신의 적이 될 겁니다. 너무 무거운 은혜도 사람에게 절망감을 안겨줄 수 있기 때문이에요.

또한 가능한 한 다른 사람들로부터 무엇을 받지 말아요. 그 누구에게건 매인 사람이 되지 말고 자기 자신의 주인이 되세요. 자기가 내린 결정은 오로지 자기 자신만이 심판해야 해요. 그렇게만 된다면 이미 당신은 평범한 한 개인이 아니라 법 그 자체가 될 수 있으며 국가의 화신이 될 수 있을 거예요. 당신 스스로를 심판 내리는 당신에 대한 심판은 아마 훗날 역사가 내리게 되겠지요.

이제 나는 가장 심각한 문제에 대해 당신에게 이야기를 해주겠어요. 바로 여자들과의 관계 이야기이지요.

살롱에 출입하게 되면 제일 먼저 원칙으로 삼아야 할 게 있어요. 절대로 이리저리 기웃거리며 헤프게 행동하지 않을 것, 바로 그거예요. 전 세기에 살롱에서 가장 인기가 있었던 남자의 예를 들게요. 그는 하룻저녁에 한 명의 여자에게만 몰두하는 것을 원칙으로 삼았고, 사람들이 거들떠보지 않는 것 같은 여자에게만 전념했답니다. 그 사람은 자신의 시대를 지배하게 되었지요.

대부분의 젊은 사람들은, 가장 소중한 재산이라 할 수 있는 인간관계를 어떻게 잘 맺을 수 있는지 잘 몰라요.

그냥 시간만 낭비할 뿐이지요. 사실 인간관계가 사회생활의 절반을 차지한다고 볼 수 있어요. 우선 영향력 있는 여자와 두터운 친분을 쌓아야 합니다. 나이가 지긋한 부인들은 대개 영향력이 있어요. 그녀들은 사교계 가문들의 내막을 당신에게 알려줄 것이고 목표를 달성할 수 있는 지름길을 당신에게 가르쳐줄 거예요. 그녀들은 젊은이를 후원하면서 마지막 사랑을 맛봅니다. 당신을 여기저기 추천하면서 달콤함을 느낄 것이고 당신을 더욱 매력적으로 보이게 만들려고 온갖 노력을 다할 거예요. 젊은 여자들을 경계하길! 무슨 사심을 품고 하는 말이 아니에요. 쉰 살 먹은 여성은 당신을 위해 모든 것을 해주지만 스무 살짜리 여성은 아무것도 해주는 게 없답니다. 젊은 여성은 당신의 모든 것을 요구하고 나이든 여성은 잠깐 동안의 배려만으로도 만족한답니다. 젊은 여자들은 자기 자신만을 사랑하는 법이에요. 그녀들은 다른 남자들의 눈길을 끌기 위해 당신을 희생시킬 수도 있어요. 당신은 당신에게 헌신할 사람이 필요한 입장인데, 그녀들은 당신이 헌신하기를 요구할 거예요.

젊은 여인들이 당신을 잠시 행복하게 해줄 수도 있어요. 반면에 당신은 당신의 찬란한 미래를 잊게 되겠지요. 그러나 그녀들이 주는 행복은 쉽게 변할 수 있어요. 자신들의 욕망을 충족시키기 위한 일시적인 취향을 마치 천성에서도 지속될 사랑으로 꾸미는 교묘한 재주를 그녀들은 갖고 있답니다.

젊은 여자들은 당신을 버리고 떠나면서 '당신을 더 이상 사랑하지 않아요'라는 말로 이별을 정당화하겠지요. 마치 '당신을 사랑해요'라는 말로 자신의 모든 것을 변명했던 것과 같아요. 그리고 사랑은 자신의 의지와는 상관없는 거라고 말하겠지요. 정말 터무니없는 논리예요. 이것만은 믿어주세요. 진정한 사랑은 영원하고 한결같답니다. 격렬하게 겉으로 드러내지는 않지만 잔잔하고 순수하지요. 그런 사랑이 사교계 여자들에게는 없답니다. 그녀들은 사랑의 연극을 할 뿐이에요. 당신이 헌신하면 할수록 그녀들은 배은망덕해지지요. 당신은 그런 여자들을 당신의 목에 걸려 있는 돌처럼 여겨야 해요. 가장 어리숙해 보이는 여자라도 그 속에는 무한히 많은 술수들을 숨기고 있답니다. 그런 곳에는 당신이 마음속 주인이 되어 영원히 군림할 그런 여인은 존재하지 않아요. 정숙하고 사색적인 여인은 존재하지 않아요. 당신을 타락시킬 준비가 되어 있는, 반쯤 타락한 여인들만 존재한답니다.

아, 나는 알고 있어요. 당신을 사랑할 여인은 고독하리라는 것을. 그런 여인에게는 당신의 시선만이 가장 화려한 축제일 것이고, 그녀는 당신의 말을 생명의 양식으로 삼겠지요. 당신에게 그 여인은 세상 전체가 되겠지요. 당신이 그녀의 모든 것일 테니까요. 자신을 완전히 희생할 줄 알고 자기 생각보다는 당신만을 생각할 테니까요. 그녀는 당신과 다투지 않고, 자신의 이익을 따지지 않으며 당신이 미처 못 보는 위험을 예감할 줄 알면서 정작 자신에게 닥친 위험은 잊지요.

그런 사랑을 하게 된다면 그 사랑을 능가하는 사랑으로 그녀에게 보답해요. 하지만 그런 행운을 누리게 되더라도 이 세상 어느 골짜기에 당신에게 어머니와 같은 존재가 있다는 것을 잊지만 말아줘요. 그녀의 마음은 그

바닥을 찾을 수 없을 정도로 깊어요. 당신이 채워 넣은 감정으로 깊이 파인 거지요. 그래요, 당신에 대한 내 애정이 얼마나 깊은지 당신은 도저히 헤아릴 수 없을 거예요.

내가 젊은 여자들을 가식적이며 허영심이 많고 경박하다고 그녀들을 피하라고 충고하니까 고개가 좀 갸우뚱해지지요? 나이든 여자들에게 애착을 가지라고 한 것도 믿기 어렵지요? 하지만 가장 순결한 영혼을 가진 천사 같은 여자를 사랑하라고 말하기 위해서였어요. 내가 앞에서 했던 충고들을 '노블레스 오블리주'라는 한 마디로 표현할 수 있다면 여자와의 관계에 대한 내 생각들은 '모두를 섬기고 한 명만 사랑하라'는 기사도의 격언 속에 담겨 있어요.

당신은 아주 넓은 지식을 갖추고 있으면서도 마음에는 때가 묻지 않았어요. 당신은 훌륭한 사람이에요. 그러니 '뜻을 품어라!'라는 위인들의 한 마디를 당신의 미래를 위해 들려주겠어요. 내 사랑하는 아들, 당신의 앙리에트의 말에 순종할 거죠? 내 마음속에는 내 아이들의 미래

뿐 아니라 당신의 미래도 보는 눈이 있어요. 나의 이런 신비한 재능은 나의 조용한 삶이 가져다준 거랍니다. 그 재능은 고독과 침묵 속에서 더욱 잘 유지된답니다.

나는 당신에게 내게 큰 행복을 안겨달라고 요구하겠어요. 나는 당신이 사람들 사이에서 커가는 모습을 보고 싶어요. 내 이마를 찌푸리게 할 일이 하나도 없는 그런 성공을 거두는 걸 보고 싶어요. 당신 가문에 걸맞은 출세를 하고 내가 당신 성공에 실제로 기여했다는 말을 듣고 싶어요. 이렇게 당신을 몰래 도왔다는 것, 그게 내게 누릴 수 있는 유일한 기쁨이고 행복이에요. 내게 그걸 안겨주세요. 기다릴게요.

작별 인사는 하지 않겠어요. 우리는 헤어져 있고 당신이 내 손에 입을 맞출 수는 없지만 당신이 누구의 마음속에 얼마나 큰 자리를 차지하고 있는지 당신은 알 수 있을 거예요.

당신의 앙리에트

이 편지를 읽기 시작했을 때 나는 아직 마음이 얼어붙어 있었다. 바로 나를 차갑게 맞이한 어머니의 태도 때문이었다. 편지를 다 읽고 나자 나는 편지를 든 내 손가락 밑에서 모성애로 가득 찬 백작 부인의 심장이 뛰고 있음을 느꼈다. 그녀가, 투렌을 떠나기 전에 이 편지를 읽지 말라고 한 이유도 나는 알 수 있었다. 즉석에서 그녀 발치에 엎드려 눈물을 흘릴까봐 두려웠던 것이다.

얼마 후 나는 형 샤를에 대해 좀 더 잘 알 수 있게 되었다. 지금까지 그는 내게 형제라기보다는 그냥 낯선 사람이나 다름없었다. 그러나 그를 좀 더 잘 알게 되었다고 나와 형 사이에 형제애가 싹튼 것은 아니다. 그의 거만함이 우리 사이에 거리를 만들었다. 서로 간의 따뜻한 감정은 평등한 영혼 간에 싹틀 수 있는 법이다. 하지만 그와 나는 함께 나눌 영혼이 없었다. 그는 유식한 체하며 내게 많은 것을 가르쳐주려 했다. 그러나 모두 하찮은 것들이었다. 하지만 그것들이 하찮은 충고임을 알게 된 것은 모두 부인의 편지 덕분이다. 내 사랑이 해준 충고가 없었다면 나는 그의 가르침을 받아들여 서툰 멍청이가 되었을지도 모른다.

어쨌든 그는 나를 사교계에 소개해주었다. 아마 어리석은 나와 비교하여 자기를 돋보이게 하고 싶어서였을 것이다. 내가 여전히 어리석은 상태였다면 나를 보호해주는 척하는 그의 오만한 태도를 나는 형제애로 착각했을지도 모른다. 나는 이 세상에 다정함이라는 것이 존재하는 줄도 몰랐다. 하지만 클로슈구르드에서 돌아온 이후로 모든 것이 달라졌다. 내게는 비교할 대상이 생긴 것이다. 내 분별력은 더욱 예리해졌다. 나는 샤를의 속을 빤히 다 알 수 있었다. 그렇기에 그가 맏이의 우월감으로 나를 짓누르도록 그냥 내버려두었다.

나는 르농쿠르 공작 부인 댁을 혼자 방문했다. 그곳에서 아무도 앙리에트 이야기를 꺼내지 않았다. 공작은 소박함 그 자체인 사람이었다. 그러나 그도 앙리에트에 대해 말을 꺼내지 않았다. 그렇지만 나를 대하는 그의 태도로 보아 딸이 은밀하게 내 부탁을 한 것이 틀림없었다.

상류층 사교계에 처음 진출한 사람이 으레 그렇듯이 나는 처음에는 얼떨떨했다. 하지만 얼떨떨함에서 벗어나 사교계가 제공하는 것들을 터득하고 즐기게 되면서 나는 앙리에트의 충고들이 얼마나 심오하며 올바른 진리를 담고 있는가를 확인할 수 있었다. 나는 그 진리들은 적용하면서 즐거워했다.

3월 20일, 나폴레옹이 엘바섬을 탈출해서 튈르리궁에 입성했다. 내가 사교계에 적응하며 즐기기 시작할 무렵이었다. 형은 벨기에의 겐트로 도피한 왕실을 따라갔다. 나는 모르소프 백작 부인에게 자문을 구했고 그녀의 충고에 따라 르농쿠르 공작과 함께 그곳에 동행했다. 내가 부르봉 왕조에 충실하다는 것을 알게 된 공작은 직접 폐하께 나를 소개해주었다. 곤경에 처한 왕 주위에는 신하가 별로 없었다. 하지만 나는 젊었다. 젊었을 때는 그냥 순진하게 계산도 없이 누군가를 존경하고 충성심을 품을 수 있는 것 아닌가?

국왕은 사람을 평가하는 안목이 있었다. 나는 겐트에서 곧 주목을 받았으며 루이 18세에게 잘 보였다. 그곳에서 나는 모르소프 부인의 편지를 받았다. 자크가 아프다는 간단한 사연이었다. 그 편지에 모르소프 백작도 몇 마디 덧붙여놓았다. 아들 건강이 나빠진데다 왕실이 망명했고, 자신도 함께하지 못해서 절망스럽다는 내용이었다. 나는 그 간단한 편지로 내 사랑하는 앙리에트가 어떤 상황에 놓여 있는지 충분히 짐작할수 있었다.

'자크의 머리맡에서 밤낮으로 시간을 보내겠지. 그리고 그 와중에 끊임없이 백작에게 시달리고 있겠지. 내가 있었더라면 백작을 내가 상대해주어 그녀를 도울 수 있었을 텐데.'

나는 앙리에트가 내게 걸고 있는 기대를 실현시키기 위해 목숨이라도 바칠 각오가 되어 있었음에도 불구하고 그 모든 야심, 욕망들이 모르소프 부인이 받고 있을 고통 앞에서 흐릿해졌다. 나는 진정한 여왕을 섬기기 위해 겐트의 궁전을 떠나겠다고 결심했다.

하느님이 내게 상을 내리셨다. 국왕이 당신의 명령을 프랑스에 전할 헌신적인 사람이 필요하게 되었던 것이다. 르농쿠르 공작이 나를 추천했고 나는 동시에 두 가지 목적을 이룰 수 있다는 생각에 기쁘게 받아들였다.

스물한 살의 나이로 나는 왕과 면담한 후 프랑스로 돌아왔다. 왕의 분부를 은밀히 거행한 후 나는 경찰의 눈을 피해 클로슈구르드로 갔다. 저녁 무렵이었다. 그곳에 도착하기 전에 나는 말을 타고 있는 모르소프 백작을 만났고 우리 둘은 함께 그곳으로 갔다. 클로슈구르드가 시야에 들어오자 지난 8개월이 꿈결처럼 여겨졌다. 백작이 앞장서서 집 안으로 들어서며 큰 소리로 말했다.

"내가 누구와 함께 오는지 한번 맞혀보구려. 못 맞힐걸. 바로 펠릭스야!"

그녀는 "그럼 리가!"라고 외치며 깜짝 놀랐다. 우리가 안으로 들어가 우리 둘의 눈이 마주치자 둘 다 모두 잠시 꼼짝 않고 있었다. 그녀는 의자 위에 못박힌 듯이 앉아 있었고 나는 문간에 선 채 서로 눈길만 교환했다. 마치 그 눈길로 잃어버린 시간을 모두 보상받으려는 연인 같았다. 잠시 후 그녀가 벌떡 일어났고 나는 다가갔다.

그녀는 내게 손을 내밀며 말했다.

"당신을 위해 기도를 참 많이 했답니다."

말을 마친 그녀는 곧바로 내 잠자리를 준비하러 갔고 백작은 내 식사 준비를 시켰다. 나는 배가 몹시 고팠다. 나는 그녀의 침실 바로 위에 있는, 그녀의 숙모가 쓰던 침실로 올라가 대충 짐을 정리한 후 다시 식사하러 아래로 내려왔다.

저녁 식사 도중 나폴레옹이 워털루에서 패배해서 도주했고 동맹국들이 파리를 향해 행군 중이며 부르봉 왕조가 다시 복

위할 것이라는 소식을 들었다. 백작에게는 너무 중요한 소식이었지만 내게는 그렇지 않았다. 내게는 부인의 근황만이 궁금했을 뿐이었다. 그녀는 창백해지고 야윈 모습이었다.

사랑은 말 한 마디, 눈길 하나, 아주 사소해 보이는 몸짓을 통해서도 충분히 전달되는 법이다. 저절로 증명이 될 수 있다는 것, 그것이 바로 사랑이 지닌 가장 값진 특권이 아니겠는가! 그녀의 말투, 눈길, 기쁨이 그녀의 깊은 곳 감정을 고스란히 드러내고 있었다.

내가 온 지 1주일이 지나자 그녀는 다시 활기를 되찾고 건강과 기쁨과 즐거움으로 빛났다. 서로 떨어져 있으면 감정이 옅어지고 사랑하는 사람의 아름다움이 흐릿해지는 현상은 천박하고 저속한 사람들 사이에서나 벌어지는 일이다. 뜨거운 상상력과 열정을 지닌 사람들에게는 이별해 있는 순간이 그들의 사랑을 더 강렬하게 만들어주는 기회일 뿐이다. 그것은 마치 초기 기독교인들이 고통을 겪으면서 신앙심이 더욱 굳건해지고 하느님을 더욱 가까이할 수 있게 되었던 것과 같다. 추억 하나하나를 되새김질하면서 과거는 더욱 생생하게 살아나고 미래는 희망으로 가득 차게 된다. 그런 연인들의 심장에는 전류가 흐르는 구름이 떠 있다. 그 두 심장이 만나면서 번갯불이 일고 땅을 비옥하게 하는 자비로운 비가 내린다. 아아, 앙리에트가 점점 행복해지는 모습을 보며 나는 얼마나 기뻤는지!

모르소프 부인은 5월의 들판이 되살아나듯이, 아주 자연스럽게 활기를 되찾았다. 그것은 햇살과 물을 받아 꽃들이 피어나는 것과 같았다. 마치 겨울을 지낸 후 봄을 맞아 부활한 우리가 사랑하는 그곳, 골짜기와 같았다.

저녁 식사 전에 우리는 자크와 함께 우리의 소중한 테라스로 내려갔다. 자크는 그전보다 더 허약해져 있었다. 그녀는 아이의 머리를 쓰다듬으며 그의 머리맡에서 지샌 세월들에 대해 이야기해주었다. 백작이 우리 곁으로 왔을 때도 그녀는 이야기를 멈추지 않았다.

"나는 자크의 생명을 애원하려고 하느님의 신전 앞까지 갔다 왔어요. 내가 잠들었을 때도 내 마음은 자크를 지키고 있었지요."

그때 백작이 그녀의 말을 끊었다.

"달리 말하면 당신이 거의 미쳤었다는 말이로군."

그녀는 고통스러운 표정을 지으며 입을 다물었다. 마치 날아가다가 돌덩어리라도 맞은 숭고한 새처럼 그녀는 망연자실했다.

"뭐라고요? 제가 하는 말 한 마디만이라도 그냥 넘길 수는 없나요? 내가 나약한 것을 너그럽게 봐줄 수는 없나요? 당신은 여자들의 생각은 조금도 이해할 수 없는 건가요?"

그녀는 금방 말을 멈추었다. 이 천사 같은 여인은 금세 자신이 불평을 털어놓은 것을 후회하고 고개를 떨구었다. 이럴 때 백작이 짓는 표정이 가관이었다. 그는 거만한 표정으로 마치 자신이 아내를 이겼다고 여기는 듯, 계속 잔인한 말을 퍼부어댔다. 마침 조마사(調馬師)가 그를 불렀기에 다행이었다.

그가 가자 내가 그녀에게 말했다.

"여전하시네요."

"네, 여전하지요."

그녀는 백작을 잊으려는 듯, 그동안 늘어난 농장 살림살이와 새로운 경영에 대해 이야기했다. 사업은 성공이었다. 클로슈구르드에서만 숲과 포도밭을 제외하고도 2만 프랑 가까운 수입을 올리고 있었다. 자크의 미래의 재산도 탄탄해졌고 백작은 마들렌을 위한 돈도 모으고 있었다. 그녀는 이야기 끝에 말했다.

"이제 내가 할 일은 거의 다 한 셈이에요. 일에 관한 한 마음이 편해요. 당신은요?"

나는 내가 그동안 지낸 일을 그녀에게 설명하면서 그녀의 충고가 얼마나 값진 것이었고 얼마나 큰 도움이 되었는지 실례를 들어가며 말해주었다. 나는 마지막으로 덧붙였다.

"당신에게는 천리안이 있는 것 같아요."

"편지에 내가 이미 쓰지 않았던가요? 내 아이들과 당신을 위해서라면 나는 놀라운 능력을 발휘할 수 있어요. 고해신부님께 그 이야기를 했더니 신의 은총이라고 하더군요. 내 아이들 건강에 대해 깊은 생각을 하고 있으면 이승과는 다른 곳이 보여요. 거기서 자크와 마들렌이 광채를 띠고 있으면 그 아이들 건강이 좋아요. 개들이 안개에 휩싸여 있으면 곧바로 앓아눕고요. 당신은 언제나 광채를 띠고 있었어요. 그리고 당신이 해야 할 바를 가르쳐주는 부드러운 목소리가 들렸고요. 오직 내 아이들과 당신을 위해서만 내게 이런 초능력이 생기는 건, 어인 일일까요?"

그녀는 내 대답을 기다리지 않고 미소를 지으며 말을 계속했다.

"폐하께서 파리에 입성하시면 곧바로 그리로 가요. 클로슈구르드를 떠나요. 직위나 환심을 구걸하는 게 품위를 떨어뜨리는 행위이긴 해도 그런 것들을 받을 수 없는 곳에 머무는 건 어리석은 짓이에요. 당신은 젊은 나이에 정치에 입문하게 될 거예요. 그게 당신에게 좋아요."

잠시 뜸을 들이더니 그녀가 다시 말했다.

"내 생각을 해서라도 파리로 빨리 가세요. 내게 충실한 영혼이 출세하는 걸 보고 내가 자랑스러워할 수 있게 해줘요. 당신은 내 아들이잖아요."

"당신의 아들?" 나는 뾰로통해서 되물었다. 그녀는 나를 놀리는 투로 대답했다.

"내 아들일 뿐이지요. 그래도 내 가슴에 아주 큰 자리를 차지하고 있는 거 아닌가요?"

그때 저녁 식사를 알리는 종이 울렸다. 그녀는 내 팔을 잡더니 아주 자연스럽게 내 팔에 기댔다. 우리는 다정하게 집 안으로 들어갔다.

잠자리에 들면서 나는 그녀가 자신의 방 안을 거니는 소리에 귀를 기울였다. 그녀는 순결한 마음으로 태연하게 쉬고 있겠지만 나는 참을 수 없는 욕망에 시달렸다. 나는 속으로 생각했다.

'왜 나는 그녀를 소유할 수 없는 거지? 어쩌면 그녀도 나처럼 내 몸을 원하고 있을지 모르잖아.'

밤 1시에 나는 아래로 내려갔다. 나는 소리 없이 그녀의 방으로 다가가 문 틈새에 귀를 댔다. 어린아이처럼 고르고 차분한 그녀의 숨소리가 들렸다. 나는 한 시간가량 그녀의 문 앞에 있었다. 추위가 엄습하자 나는 다시 내 방으로 올라가 침대에 누워 아침까지 평온한 잠을 잤다. 그날 밤 나는 그녀의 방문 앞에서 그녀의 정절을 짓밟다가도 존경하고, 저주하다가도 숭배의 눈물을 흘렸고, 그와 동시에 그녀에게 수없이 많은 키스를 퍼부었던 것이다.

나는 클로슈구르드에서 며칠 지내는 동안 프라펠은 짧게 몇 번 방문하는 데 그쳤다. 이윽고 프랑스 군대가 투르를 점령했다는 소식이 들려왔다. 부인은 빨리 떠나라고 나를 재촉했다. 나는 버티려고 했으나 결국 그녀의 말을 따를 수밖에 없었다. 우리는 작별했다. 그녀는 내게 부모님께 전할 편지를 건네주었다.

　파리에 도착한 지 이틀째 되는 날 나는 그들을 방문했다. 나를 보자 공작이 말했다.

　"자네는 행운아야. 여기서 식사를 하고 오늘 저녁 나와 함께 왕궁에 가세. 자네 출세는 보장됐네. 폐하께서 오늘 자네 이야기를 하셨어. '젊고 능력 있고 충실하지!'라고 하시더군. 자네가 임무를 잘 수행한 후 도대체 살았는지 죽었는지 소식이 없어 궁금해 하셨다네."

　그날 저녁으로 나는 국무회의의 검열관이 되었다. 루이 18세 재위기 동안 내내 자리가 보장된 비밀업무 자리였다. 두드러진 특권은 없지만 왕의 총애를 잃을 염려가 없는 자리였다. 그 자리를 발판으로 후에 나는 정부 핵심으로 진출할 수 있었고 출세를 할 수 있었다. 모든 것이 부인의 충고를 따른 결과였다.

　얼마 후 내게 동료가 생겼다. 우리는 번갈아 6개월씩 근무했고 필요한 경우에는 서로 근무 일자를 바꿀 수도 있었다. 나는 궁전에 묵었고 개인 마차도 있었으며 멀리 파견 나갈 때는 두둑한 출장비를 받을 수 있었다. 나는 왕의 숨은 제자로서 왕이 나랏일에 대해 내리는 판단을 직접 듣고 왕의 자문에 응하기도 했다. 국무회의 예산에서 지급되는 고정 급료 외에 국왕이 사비로 매달 1,000프랑씩 주었고 자주 특별 수당을 하사하곤 했다.

르농쿠르 공작은 나를 존중했고 덕분에 나는 사교계에서도 대접을 받았다. 나는 국왕의 총애를 받고 있었기에 사람들이 권력에 대해 보이는 경의까지 받을 수 있었다.

앙리에트는 블라몽-쇼브리 대공 부인을 통해 나를 '작은 궁전'이라 불리는 생제르맹 지구의 사교계에 진출할 수 있게 했다. 앙리에트는 대공 부인의 조카손녀 뻘이었다. 그녀가 나를 격찬하는 편지를 대공 부인에게 보내자 부인은 즉시 나를 초대했다. 대공 부인은 나를 그녀의 딸인 에스파르 부인 외에 랑제 공작 부인, 보세앙 자작 부인, 모프리뉴즈 공작 부인들과 친분을 맺을 수 있도록 신경을 많이 써주었다.

형 샤를은 속으로는 시기심에 들끓었겠지만 이제 나를 배척하지 않고 내게 기대었다. 아버지와 어머니는 내가 벼락출세한 것에 대해 의아해하면서도 허영심이 충족된 것이 기뻐서 나를 아들로 받아들였다. 그러나 그들의 태도는 부자연스러운데다 심지어 가식적이어서 내 상처받은 가슴을 달래지는 못했다. 이기심으로 얼룩진 애정은 별로 공감을 얻지 못하는 법이다. 어떤 종류의 사랑이건 사랑은 계산이나 이익을 몹시 싫어한다.

그런 가운데 세월이 얼마간 흘렀다. 나는 부인의 충고를 열심히 따른 결과 사교계의 총아가 된 것은 물론 고상한 여인들로부터 교육을 받아 세련된 청년이 되었다. 그사이 나는 사랑하는 앙리에트에게 열심히 편지를 썼다. 그녀는 한 달에 한두 번 정도 답장을 보냈다. 내 주위를 온통 그녀의 순결한 영혼이 감싸며 떠돌고 있어서 그 어떤 여자도 나를 사로잡을 수 없었다. 내가 여자에 대한 몸가짐이 단정하다는 것을 국왕도 알게 되었다. 국왕은 나를 기특하게 여기셨다. 내가 그런 식으로 사는 이유를 곧 알아차리신 걸로 보아 아마도 심심풀이로 내 편지를 읽어보신 것 같았다.

어느 날 내가 국왕 집무실에서 국왕이 불러주는 내용을 받아 적고 있을 때였다. 그날은 르농쿠르 공작이 근무하는 날이었다. 공작이 들어오자 국왕이 우리를 장난기 섞인 눈으로 바라보았다. 그리고 장난기 어린 목소리로 공작에게 말했다.

"참, 그 모르소프 양반 있지? 그 양반 아직 살아 있나?"

"여전합니다"라고 공작이 대답하자 왕이 말을 이었다.

"모르소프 백작 부인은 정말 천사 같은 여자야. 그런 여자를 파리에서 볼 수 있다면 좋으련만……. 하지만 내 힘으로는 어쩔 수 없지. 나보다는 자네가 더 운이 좋아." 왕은 나를 돌아보며 말했다.

"자네에게 6개월의 휴가를 주지. 클로슈구르드로 가서 재미있게 놀다 오게, 검열관 양반!"

국왕은 여전히 웃음을 머금은 채 나를 이만 나가보라고 했다. 오, 세상에 이런 행운이! 나는 날아갈 것만 같았다.

실제로 나는 제비처럼 투렌으로 날아갔다. 나는 처음으로 사랑하는 여인 앞에 가장 세련된 청년의 모습으로 나타날 수 있었다. 나는 그전과는 완전히 달라져 있었다. 거만하지 않으면서 자신감이 있었으며 젊은 나이에 높은 공직에 이른 것에 대한 자부심도 있었다.

나는 백작 부인을 놀라게 하려고 내가 온다는 것을 알리지 않았다. 그녀는 거의 충격을 받다시피 했다. 불가능하다고 믿은 일이 성사된 기쁨으로 충격을 받은 것이다. 아이였던 내가 청년이 된 것을 보고 앙리에트는 시선을 아래로 떨구었다. 그녀는 기쁨을 내색하지 않았지만 그녀가 떨고 있나는 것을 나는 느낄 수 있었다. 그녀의 얼굴이 창백했다.

백작은 옛 친구를 잊지 않고 찾아주다니 내가 의리가 있는 사람이라며 나를 반겼다.

아이들은 내 품으로 뛰어들었다. 문 옆에 전에 못 보던 사람이 엄숙한 얼굴로 서 있었다. 자크의 가정교사인 도미니스 사제였다. 나는 백작에게 말했다.

"저는 1년에 6개월은 휴가를 얻을 수 있습니다. 그 6개월은 항상 이곳에서 지내겠습니다."

그런데 놀라운 일이 벌어졌다. 모르소프 부인이 내 팔을 잡더니 나를 잔디밭 쪽으로 끌고 가면서 내게 이런 말을 한 것이다.

"내가 언제까지나 당신의 앙리에트라고 말해줘요. 당신이 언제고 나를 버리지 않고 내게 헌신적인 친구로 남을 거라고 말해줘요."

"앙리에트, 당신은 나의 우상입니다. 나는 당신을 하느님보다 더 숭배합니다. 나는 언제나 당신과 하나입니다. 그렇지 않다면 내가 어찌 열일곱 시간 만에 이곳으로 달려올 수 있었겠소?"

"당신은 나를 거룩한 마음으로 사랑하나요? 성모 마리아를 사랑하듯이? 누이나 어머니를 사랑하듯이?"

"나는 당신을 진심으로 사랑합니다. 마치 당신의 숙모가 당신을 사랑했듯이……."

"아아, 그 말을 들으니 이제 행복해요. 당신의 말이 내 근심을 사라지게 해주었어요. 당신, 여기 있을 때는 항상 아이 노릇을 해야 해요. 파리에서는 어른스럽게 행동해야 했겠지만 여기서는 아이로 남아야 해요. 당신이 아이가 되어야 나는 당신의 사랑을 받을 수 있어요. 나는 남자의 힘에는 저항할 거예요. 하지만 아이에게 무엇을 거절할 수 있겠어요? 당신이 바라기만 하면 다 해줘야 하지요."

그녀의 목소리에는 행복이 가득했다. 우리는 다시 백작과 아이들이 있는 곳으로 왔다. 나는 자크에게 사냥 장비를, 마들렌에게는 바느질 상자를 선물했다. 아이들이 서로 선물을 자랑하자 백작은 심기가 불편한 듯했다. 사람들이 자기에게 관심을 보이지 않으면 토라지는 성격은 조금도 변함이 없었다. 그리고 그 토라진 마음을 제 속에 담고 있지 못하는 것도 여전했다. 그는 나를 테라스로 데려갔다.

"펠릭스, 다들 건강하고 행복해 보이지. 나만 옥에 티일 뿐이야. 내가 저들의 고통을 다 짊어지고 있는 셈이야. 위가 상해서 음식도 제대로 소화를 시키지 못해."

나는 도무지 이치에 닿지 않는 그의 넋두리를 들어야 했다. 그는 아내와 아이들에 대해, 하인들에 대해, 자기의 삶 전부에 대해 끝도 없는 불평을 쏟아냈다. 나는 그의 말을 고스란히 들어줄 수밖에 없었다.

그는 세월이 흐를수록 오히려 예전보다 더 공격적이 되었다. 나이를 먹으면 성격이 부드러워지고 모난 성격도 부드러워지는 게 자연의 순리이건만 그는 그 순리에도 역행하는 것 같았다. 그는 반박을 위한 반박을 일삼았으며 모든 것에 이유를 따졌다. 집안 모든 일에 일일이 간섭했으며 사소한 것까지 보고받기를 원했다. 전에는 그래도 이유가 있을 때 화를 냈었는데, 이제는 항상 화를 냈다.

이곳에서 한 가지 큰 변화가 있다면 백작의 광적인 발작을 백작 부인이 굳이 남에게 감추려 하지 않는다는 것이었다. 이미 하인들은 이 조로증 환자가 이유 없이 지나치게 격노하는 것을 여러 번 목격했다. 이전에 부인은 그 광기를 감추려 노심초사했다면 이제는 그 광기가 언제 밖으로 터져 나올까 항상 전전긍긍했다.

그는 모든 불행의 원인을 그녀에게 돌렸다. 부인이 아이들을 데리고 산책이라도 하면, 하늘이 맑은데도 불구하고 곧 폭풍우가 닥칠 거라고 그녀를 위협했다. 그중 한 명이 병에라도 걸리면 그 원인을 부인에게서 찾으려고 온 힘을 다했다. 그러고는 "아이들이 병이 나면 그건 다 당신 탓이오"라고 말도 안 되는 비난을 퍼부었다.

내가 없는 동안 그녀는 이 모든 것을 다 감수했다. 하지만 내가 나타나자 그녀는 속에 감추고 있던 남편에 대한 불만을 내게 털어놓았다. 내가 이곳에 온 지 약 한 달이 지난 어느 날 아침, 부인은 내 팔을 잡고 포도밭으로 나를 데려갔다. 자크는 어딘가 가고 없었고 마들렌이 따라왔다. 그녀가 말했다.

"저이는 나를 죽이고야 말 거예요. 하지만 나는 아이들을 위해서라도 살아야 해요. 어쩌면 단 하루도 쉴 수가 없는지!

항상 가시덤불 속을 걷는 기분이에요. 미리 예상이나 할 수 있다면 대처할 수 있겠어요. 그런데 날마다 공격 대상이 달라지고 예측불가능이에요. 자기 멋대로 의학 서적들을 읽고 입 밖에 내기도 어려운 요구들을 해대요.

아아, 정말 어떻게 해야 할지 모르겠어요. 그는 나를 죽일 거예요. 이혼하자고 할 수도 없어요. 15년이나 살아왔으면서 그와 헤어지겠다는 말을 어떻게 아버지에게 할 수 있겠어요? 게다가 그는 저의 아버지와 어머니 앞에서는 예의 바르고 점잖고 재치 있는 모습만 보일 텐데. 게다가 남편 있는 여인들에게 어디 아버지 어머니가 있나요? 몸도 재산도 다 남편 거지요."

그녀는 눈물을 훔치며 눈을 하늘로 향하며 물었다.

"오, 하느님! 왜 제게 벌을 내리시는 건가요?"

그녀는 다시 나를 보고 말했다.

"종교만이 저를 지탱해줄 수 있어요. 그래요. 이건 믿어야 해요. 거룩한 모습으로 천상에 이르기 위해서는 붉은 불도가니를 거쳐야 해요."

나는 그녀의 팔을 내 가슴 위에 감싸 안으며 말했다.

"사랑하는 앙리에트. 당신은 내가 사교계를 헤쳐나갈 수 있게 나를 인도해주었어요. 당신은 백작과의 이 결투에서 반드시 쓰러지고 말 거예요. 그러니 이번에는 제가 당신을 위해 조언할 수 있게 해주세요. 더 이상 미친 사람과 싸우지 말아요."

그녀가 입술에 손가락을 갖다 대며 "쉿!"이라고 했지만 나는 말을 계속했다.

"사랑하는 앙리에트, 언제까지나 그렇게 인내하고 살 수는 없어요. 당신을 위해서, 그리고 아이들을 위해서 백작을 대하는 태도를 바꾸어야 해요. 당신이 그를 너무 배려했기에 그의 이기심이 더 커진 거예요. 어머니가 아이들을 너무 오냐, 오냐 하며 키워서 버릇이 잘못 든 것과 같아요. 당신도 살아야 해요. 그렇다면 그에게 영향력을 발휘하세요. 그는 당신을 사랑하고 두려워해요. 당신을 더더욱 두려워하게 만드세요. 그의 병적인 의지에 당신의 분명한 의지로 맞서세요."

"매정한 여자만이 그런 역을 맡을 수 있어요. 나는 고통을 견딜 수는 있지만 다른 이에게 고통을 주는 일은 절대 할 수 없어요. 아무리 명예로운 결과를 얻더라도……. 내 본심을 속이고 꾸민 행동을 해야 하겠지요. 그건 절대 못 해요. 나는 백작과 아이들 사이에 서서 아이들 대신 맞을 거예요. 내가 할 수 있는 건 그것뿐이에요."

부인이 내게 관리인이 고기를 잡고 있으니 함께 구경을 가자고 했다. 부인은 본래의 평정을 되찾았다. 자신의 고통을 내게 털어놓은 것을 후회하는 듯했다. 그녀는 다시 향기와 아름다움을 지닌 백합이 되었다. 우리는 거룻배를 타고 천천히 앵드르강을 거슬러 올라갔다. 우리는 뤼앙 다리 근처로 갔다. 거기까지가 그녀의 영지였다. 관리인을 보자 부인이 많이 잡았냐고 물었다. 관리인은 세 시간 동안 그물질을 했지만 별로 잡지 못했다고 말했다.

관리인이 몇 번 더 그물을 던졌다. 이번에는 어망이 물고기로 가득했다. 잉어, 곤들매기, 농어들이 펄떡거렸다. 그때였다. 조마사가 말을 타고 들판을 전속력으로 달려왔다. 그녀는 소스라치게 놀라 반사적으로 소리쳤다.

"자크! 자크에게 무슨 일이 있어요?"

"마님, 백작님이 많이 편찮으십니다."

그녀는 안도의 한숨을 쉬더니 클로슈구르드를 향해 달려갔다. 그녀는 내게 천천히 오라고 했다. 그녀의 지시대로 나는 마들렌과 천천히 돌아왔다. 돌아오면서 나는 깨달을 수 있었다.

나는 혼자서 그녀를 사랑하고 있었다. 그런 연인은 아무것도 아니다. 나는 그녀의 애무를 원하면서도 상상 속에서만 즐기고 있었다. 지금은 정신적인 쾌락에만 만족하면서 언젠가 내 욕정이 채워지리라는 기대를 하고 있었다. 앙리에트는 진정 나를 사랑하고 있었다. 하지만 그녀의 사랑은 주체할 길 없는 기쁨, 사랑이 몰고 오는 폭풍에 대해서는 아무것도 모르는 사랑이었다. 그녀는 마치 성녀가 하느님을 품고 있듯이 나를 품고 살았다. 나는 그녀에게 결코 삶의 전부가 아니었다. 나는 과감하게 그녀를 내 소유로 하지 않은 것을 후회했다.

백작은 병세가 심각했다. 나는 투르에 가서 저명한 의사, 오리제 선생을 불러왔다. 저녁이 되어서야 돌아올 수 있었다. 그는 급히 사혈을 하는 게 필요하다고 판단했다. 하지만 사혈에 필요한 종두칼이 없었다. 나는 아제까지 달려가 외과의사인 델랑드를 불러왔다. 10분만 늦었어도 백작은 목숨을 건질 수 없었을 것이다.

의사는 염증성 열병이라고 진단했다. 아무리 건강한 사람이라도 걸릴 수 있는 병이었다. 부인은 남편이 앓아눕게 된 것이 자기 때문이라고 자책했다. 그녀는 내게 감사하다는 말도

할 힘이 없어 여러 번 미소를 지어보였다. 그러나 그 미소는 사랑하는 사람을 향한 미소가 아니었다. 나를 고귀하다고 여기고 자신의 생각에 동감하길 바라는 존경과 애정의 미소였다. 나는 그녀에게 욕망의 대상이 아니라 순결한 사랑의 대상임을 다시 한 번 확인할 수 있는 그런 미소였다.

다음 날 저녁, 의사는 돌아가기 전에 병이 완치되려면 오래 걸릴 거라며 간병인을 두라고 했다. 그러자 그녀가 대답했다.

"간병인이요? 안 돼요, 안 돼요." 그녀는 나를 바라보며 외쳤다. "우리가 간병할 거예요. 우리에게는 그이를 살릴 의무가 있어요."

의사는 놀란 눈으로 우리를 잠깐 바라보았다. 그녀의 말은 우리가 무슨 죄라도 저지른 것처럼 들릴 수도 있었다. 오리제 선생은 넬랑드에게 치료방법을 지시한 다음 1주일에 두 번 정도 오겠다고 말하고 투르로 돌아갔다.

백작은 52일 동안 생사의 기로를 헤맸다. 앙리에트와 나는 교대로 각각 스물여섯 밤을 새웠다. 의사의 지시를 세심하게 실천하면서 정성스레 간호한 덕분에 백작은 살아났다. 세 번째 방문했을 때 의사는 우리에게 말했다.

"이런 질병에서는 정신적인 요인이 제일 중요합니다. 의사, 간병인, 환자 주위의 모든 사람들이 그의 생사를 쥐고 있다고 볼 수 있습니다. 말 한 마디, 걱정스런 몸짓 하나가 독약처럼 위험할 수도 있으니까요."

철학자 기질이 다분한 이 의사는 그 말을 하면서 내 얼굴을 살폈다. 그러나 그가 내 눈 속에서 순수한 영혼의 밝은 빛 외에 무엇을 볼 수 있었을 것인가? 실제로 백작을 간호하는 동안 나는 더없이 순수했다. 자연의 아름다움에 감동하는 순간 우리는 그 자연과 하나가 된다. 정신세계도 마찬가지다. 순수한 영혼 안에 있는 것은 모두 순수하다. 앙리에트 곁에 있으면 나는 천상의 향기를 맡을 수 있었다. 만일 그녀를 향해 그릇된 욕정을 품으면 그녀가 영원히 멀어질 것만 같았다.

나탈리, 당신에게 이런 고백을 하면 과연 믿을 수 있을까? 그 50일간, 그리고 이어진 한 달간은 내 생애 가장 아름다운 순간들이었다. 사랑은 아름다운 골짜기를 흐르는 거대한 강과 같다. 그 강은 폭풍우가 불어와야만 불어나는 것이 아니다. 그 강은 맑은 시냇물이 천천히 유입되어도 점점 불어난다. 사랑할 때는 모든 것이 사랑으로 흘러 들어온다.

위급한 시기가 지나자 백작 부인과 나는 간호에 익숙해져 여유가 생겼다. 우리는 무인도에 단둘이 남겨진 것과도 같았다. 그 어떤 사회 규범으로부터도 자유로울 수 있었으며 남들과 고립되어 단둘이 지낼 수도 있게 되었던 것이다. 우리는 환자를 치료하기 위해 많은 접촉을 했다. 그토록 서로 수줍어했던 우리의 손이 백작을 간호하면서 수도 없이 마주쳤다.

그녀는 제대로 식사도 하지 못했다. 나는 그녀에게 가끔 간단한 식사를 차려주곤 했다. 가끔은 그녀 무릎 위에 음식이 담긴 쟁반을 올려놓기도 했는데 그럴 때면 세심하게 신경을 써야했다. 마치 소꿉장난을 하는 것 같았다. 그녀는 내게 작은 일들을 수도 없이 시켰다. 더욱이 병세가 위급했던 초기에는 평상시의 체면을 차릴 상황이 아니었다. 그녀는 새벽에 새가 지저귀기 시작할 때 실내복 차림으로 내게 교대하러 오곤 했다. 어리석은 희망에 나는 내 눈에 보이는 눈부신 자태를 내 것이라고 착각하기도 했다. 하지만 그녀는 온통 환자에게만 신경을 쓰고 있었기에 아무런 경계심도 없었다.

환자에게 조금 여유가 생겼을 때도 그녀는 그 태도를 바꾸

지 않았다. 갑자기 태도를 바꾸는 것이 오히려 어색하게 여겨
졌거나 내게 모욕이라고 생각했을 것이다. 우리는 조금씩 서
로에게 길들여졌으며 조금은 부부처럼 되었다. 그녀는 자기
자신과 나를 믿었다. 그리하여 우리는 서로의 가슴을 더 활짝
터놓을 수 있었고 서로의 마음을 더 깊이 들여다볼 수 있었다.

 그녀가 백작을 보살피는 동안 바깥일이 파탄나지 않도록
나는 그녀의 집사 노릇을 했다. 그녀는 모든 것을 허물없이 받
아들였다. 심지어 감사하다는 말도 하지 않을 정도로 모든 것
이 자연스러웠다. 나는 저녁에 그녀의 침실에서 집안일과 자
녀들에 관한 일을 의논하곤 했다. 이런 대화들을 하면서 우리
는 마치 그럴듯한 결혼생활을 하는 것 같았다. 앙리에트는 기
꺼이 내게 남편의 역할을 맡겼다. 식탁에서 나를 백작의 자리
에 앉히고 관리인을 만나러 보냈다. 그녀는 순수한 마음뿐이
었겠지만 내심 기쁨도 있었을 것이다. 순결하고 덕성스러운
그녀가 가장 은밀하게, 하지만 동시에 가장 떳떳하게 자신의
욕망을 실현할 방법을 찾은 게 아니겠는가?

 쇠약해질 대로 쇠약해진 백작은 이제 부인과 집안사람들을
괴롭히지 않았다. 그래서 백작 부인은 본인이 지닌 본심 그대

로 나를 돌보고 배려할 수 있었다. 그녀는 일상의 사소한 일에서부터 나를 얼마나 마음에 두고 있는지 확인할 수 있게 해주었다. 부인은 아주 자주 내 식사를 직접 차려주었다. 그녀는 제비처럼 자유롭고 섬세한 몸놀림으로 날렵하게 내 식사를 차려주곤 했다. 그럴 때면 그녀의 볼은 불그레해지고 목소리는 떨렸다. 거기서 드러나 보이는 그녀의 마음을 말로 표현할 필요가 있겠는가!

그녀는 자신의 장막을 걷어 올려 자기 안에 있는 두 명의 여성을 모두 내게 보여준 셈이었다. 나를 냉정하게 대함으로써 오히려 나를 매혹시킨 여성과 다정한 배려로 내 사랑을 영원하게 만든 여성! 그 둘 사이에는 너무나 큰 차이가 있었지만 둘 다 그녀였다.

백작은 정말 어떤 존재일까? 그녀와 나 모두 그가 건강해지길 바라며 극진히 간호했건만, 정작 건강을 회복하자 그의 변덕이 되살아났다. 우리의 정성으로 살아남은 그는 아무도 자신을 치료하는 방법을 모르고 있다고 우겨대며 말도 안 되는 자신의 처방을 주장하기도 했다.

그는 무엇보다 식사에 대해 불평이 많았고 그로 인해 난폭

한 짓을 서슴지 않았다. 오리제는 식단을 정해주며 회복기 환자는 적게 먹는 것이 좋다고 판단했다. 한동안 잠잠했기 때문일까, 백작의 성미는 이전과 비교할 수 없을 정도로 더 광포해졌다. 부인은 의사의 처방을 무기로 대담하게 저항했다. 하인들이 모두 그녀의 말을 따르는 게 큰 도움이 되었다. 나도 이 씨움이 그녀가 그를 제압할 좋은 기회라고 여기고 그녀를 지지했다. 그가 아무리 광기에 찬 고함을 질러도 태연하게 대처했고 그를 어린아이 취급했다. 우리는 그의 온갖 모욕적인 언사도 무시했다. 다행스럽게도 결국 그녀가 승리했다. 이 병든 정신을 통제할 수 있게 된 것이다. 백작은 계속 소리를 질러댔지만 결국은 순종하기에 이르렀다. 특히 소리를 많이 지른 후에는 말을 더 잘 들었다.

내가 예정대로 그곳에 6개월 동안 있었다면 과연 어떻게 되었을까? 그 어떤 것도 확신할 수 없다. 어쨌든 나는 예정보다 일찍 그곳을 떠나야만 했다. 어느 날 늙은 조마사가 투르에서 내게 온 편지를 가져왔던 것이다. 나는 집무실의 인장을 단번에 알아보았다. 폐하가 나를 부르신 것이다. 내가 보여준 편지를 읽고 부인이 말했다.

"가야 하는군요. 그럼 나는 어쩌지요?"

우리는 둘 다 혼미한 상태에 있었다. 서로가 서로에게 필요하다는 것을 그토록 절감한 적이 없었다. 부인의 목소리는 현들이 늘어지고 끊어진 악기 소리 같았다. 그녀의 몸짓에 기운이 없었고 눈빛은 어두웠다. 나는 그녀의 생각을 내게 털어놓으라고 말했다.

"내가 무슨 생각을 할 수 있겠어요?" 그녀의 대답이었다.

그녀는 나를 자기 방으로 데려갔다. 나를 소파에 앉힌 후 화장대 서랍을 뒤지더니 내 앞에 무릎을 꿇고 말했다.

"1년 전부터 떨어진 내 머리카락을 모은 거예요. 가져요. 당신 거예요. 이게 어떤 건지, 왜 이걸 당신에게 주는지는 언젠가는 알게 될 거예요."

나는 그녀의 이마를 향해 천천히 고개를 숙였다. 그녀는 피하지 않았고 나는 경건하게 그녀의 이마에 입 맞추었다. 불순한 도취감이나 쾌락은 조금도 없었다. 단지 엄숙한 감동만이 있을 뿐이었다. 그녀는 침착하게 성스러운 눈빛으로 나를 바라보며 말했다.

"이제 나에 대한 원망이 풀렸나요?"

5

　나는 날이 어둑해질 무렵 그곳을 떠
났다. 그녀는 프라펠로 가는 길까지 나를 배웅했고 호두나무
아래서 작별인사를 했다. 그녀는 마들렌과 함께 돌아가는 마
차를 탔고 나는 홀로 마차에 올랐다.

　파리로 돌아온 후 나는 급한 업무들을 처리해야 했다. 일이
바빴기에 사교계를 피할 수 있었다. 나는 모르소프 부인에게
자주 편지를 썼고 매주 그녀에게 내 일기장을 보냈다. 그녀는
한 달에 두 번 내게 답장을 했다. 내 생활은 고독했지만 쓸쓸
하지는 않았다. 오히려 내 삶의 곳곳에서 새로운 의미를 발견
하고 감탄할 수 있었기에 알찼다고 하는 것이 옳다.

사랑에 빠진 사람들이여! 일상생활에 의무를 부과해 품격을 높여라. 마치 교회에서 신자에게 내리는 생활수칙과 같은 자신만의 수칙을 세워놓아라. 그 계율들을 통해 특정한 의식을 반복해 행하라. 그러면 희망과 두려움이 언제나 함께할 것이며, 마음속에 의무라는 도랑이 깊이 파일 것이다. 그렇게 패인 도랑 속을 당신의 감정들이 흐르게 될 것이며, 도랑은 그 물을 정화시킬 것이다. 사랑은 그렇게 신앙이 될 것이다.

어찌된 영문인지 모르겠지만 중세의 기사도를 연상시키는 내 사랑이 세상에 알려졌다. 어쩌면 왕과 르농쿠르 공작이 그 진원지인지도 모른다. 사실 내 사랑 이야기는 이 생제르맹에서는 어울리지 않는다. 외롭지만 위대한 여인, 정절을 지키는 아름다운 여인을 숭배하는 젊은이의 낭만적이고 소박한 이야기에 귀를 쫑긋 세울 사람이 이곳에는 아무도 없다. 그런데 그런 내 사랑이 세상에 알려지고 퍼지게 된 것은 분명 그렇게 높은 사람으로부터 이야기가 흘러나왔기 때문이리라.

파리의 살롱에서 나는 주목의 대상이 되었다. 거북한 일이었다. 조용한 생활이 주는 편안함에 익숙한 사람은 남들에게 주목받는 것을 견디지 못하는 법이다. 부드러운 색채에만 익숙해 있던 눈이 대낮의 밝은 빛을 싫어하는 경우가 있는데 그 당시의 내가 바로 그랬다.

　클로슈구르드를 떠난 지 다섯 달이 지난 어느 겨울날 나의 수호천사에게서 애처로운 편지가 날아왔다. 아들이 많이 아팠다는 내용이었다. 일단 고비는 넘겼지만 걱정은 남았다. 의사는 폐가 위험할 수 있으니 조심하라고 했다. 자크가 좀 호전되어 숨을 돌리자 이번에는 마들렌이 문제를 일으켰다. 그녀는 지칠 대로 지쳤다. 그러자 이번에는 백작이 그녀를 괴롭혔다. 그는 점점 더 괴팍해져서 그녀를 몰아쳤다. 그녀는 싸우다 지쳐서 백작의 횡포에 항복했다. 그리하여 백작은 잃어버린 자신의 영토를 되찾았다. 그녀는 편지에 이렇게 썼다.

　내 모든 힘을 다 자식들에게 쏟았으니 백작에게 저항할 힘이 남아 있겠어요? 두 명의 가엾은 아이들 사이에서 나도 쇠약해졌어요. 왜 내게 이렇게 막아내기 어려운 고난의 삶만 주어지는지 환멸감이 들기도 한답니다.
　하지만 테라스 위에 꼼짝 않고 있는 자크를 보고 있자면 개인적인 아픔은 멀리 물러간답니다. 아아, 그 애의 아름다운 두 눈만이 그 애가 살아 있음을 느끼게 해준답니다. 얼굴이 말라서 눈이 더 커 보이고 쑥 들어가버렸어요. 그렇게 생기발랄하던 마들렌도 지금은 송장처럼 창백해졌고 머리카락과 눈빛까지 흐려진 것 같아요. 아무리 노력해도 내 아이들을 즐겁게 할 수가 없어요. 애들이 내게 미소를 보이지만 억지로 지은 미소이지 마음에서 우러나오는 게 아니랍니다. 고통 때문에 그 애들과 나를 맺어주던 끈도 느슨해진 것만 같아요. 그러니 클로슈구르드가 얼마나 우울한지 짐작할 수 있겠죠? 모르소프 백작은 아무런 장애물 없이 내게 군림하고 있답니다. 오. 나의 벗이고 내 자랑이여! 이렇게 무기력해지고 고통으로 얼어붙은 나를 당신이 아직 사랑하실 수 있겠어요? 그만큼 당신의 사랑이 지극하다는 걸 믿어도 되나요?

그 편지를 받고 내가 얼마나 통렬한 아픔을 느꼈는지 말해줄 필요가 있을까? 나는 한동안 그녀의 그 고통스런 마음속에 함께 살았다. 나는 진정 그 고통스런 마음속에 산뜻한 아침

바람과 희망을 불어넣고 싶었다.

그 당시 나는 베리 공작의 저택인 엘리제 부르봉에서 거의 여왕이나 다름없는 영국 귀부인을 만났다. 재산도 막대하고 집안도 고결하며 직위도 높은 영국 노귀족 의원의 부인이었다. 하지만 그녀의 남편이 지닌 이 모든 것들도 그녀의 아름다움, 우아함, 기품, 재치를 돋보이게 하는 보조역할을 할 뿐이었다. 그녀가 뿜어내는 광채는 매혹적이다 못해 눈이 부실 지경이었다. 그녀는 파리 사교계의 우상으로서 파리 사회 전체를 능란하게 지배하다시피 했다. 그녀는 더들리 후작 부인이었다.

고백하듯 말하자. 나는 얼마 지나지 않아 그녀의 유혹에 넘어갔다. 그리고 그녀와 나 사이의 염문이 파리 사교계 전체에 퍼졌다. 처음에 나는 그녀의 유혹에 저항할 수 있었다. 물론 나는 관능의 포로가 되기 쉬운 나이였고 내 안에 폭발적인 열정을 지니고 있었다. 하지만 클로슈구르드에서 고통 받고 있는 성녀의 이미지가 내 안에서 너무 밝게 빛나고 있어 나를 지켜주었다. 그런데 그녀에게 저항하는 나의 모습이 그녀의 열정을 더욱 자극했다. 대부분의 영국 여인들이 그러하듯이 그녀가 원하는 것은 뭔가 스캔들을 만드는 것, 그렇게 해서 따분한 일상에서 탈출하는 것이었다. 그녀는 사랑에도 마치 조미료처럼 후춧가루와 고춧가루를 뿌리고 싶어 했다. 한 성녀를 중세 기사처럼 숭배하는 나와의 염문은 그런 그녀의 욕구를 채우기에 충분했다.

내가 냉랭하면 냉랭할수록 더들리 부인의 감정은 점점 더 격렬해졌다. 일종의 대결이었고 이 대결은 살롱에 드나들던 사람들의 호기심을 자극했다. 그것이 그녀를 더 자극했다. 사람들의 눈길을 끈 이상 그녀에게 실패란 있을 수 없었다. 아아, 그녀가 나와 모르소프 부인에 대해 남들에게 한 말을 내가 미리 알았더라면 나는 그녀의 유혹에 절대로 넘어가지 않았을 것을! 그녀는 이렇게 말했다는 것이다.

"뭐예요. 어린 비둘기 한 쌍처럼 저렇게 한숨짓고 있다니. 정말 따분하지 않아요?"

우리의 순결한 사랑이 그녀에게는 그냥 따분한 짓에 불과했던 것이다!

나탈리, 변명처럼 들리더라도 들어주기 바란다. 내 죄를 정당화하려는 건 아니지만 여자가 남자의 구애를 거절하는 것보다 남자가 여자의 유혹을 뿌리치는 게 훨씬 힘들다. 같은 행동을 두고 여자들은 정숙하다는 칭찬을 듣지만 남자들은 비웃음의 대상이 된다. 내 사랑이 나를 보호하고 있었다고는 해도 나는 젊었다. 내 속의 허영심과 그녀의 아름다움, 게다가 그녀의 헌신적인 태도라는 3중의 유혹을 이겨낼 수 있는 나이는 아니었다.

더들리 후작 부인의 이름은 아라벨이었다. 우리는 그녀를 레이디 아라벨이라고 불렀다. 그녀는 자신이 여왕으로 군림하는 무도회에서 자신이 받은 찬사들을 모두 내게 갖다 바쳤다. 황홀하기 그지없는 찬사들이었다. 게다가 내가 그녀를 피하는 것은 불가능했다. 나는 사교계 인사들의 초대에 응해야만 했고 그녀는 그녀의 신분으로 모든 살롱에 출입할 자격이 있었다. 그녀는 늘 안주인에게 내 옆자리를 미리 부탁해서 내 옆에 앉았다. 그리고 내 귀에 속삭였다.

"내가 모르소프 부인처럼 당신의 사랑을 받는다면 당신에게 모든 것을 바칠 수 있어요."

처음에 그녀는 나를 사랑할 수 있게만 된다면 더 바랄 게 없다고, 단지 그것만 허락해달라고 애원했다. 그러던 어느 날 그녀는 내가 흔들릴 수밖에 없는 제안을 내게 했다. 내가 마음속에 간직하고 있는 금기와 젊은이로서의 내 욕정을 동시에 충족시킬 수 있는 달콤한 유혹의 말이었다.

"나는 언제까지나 당신의 친구로 남겠어요. 오로지 당신이 원할 때만 애인이 되어드리겠어요."

어느 날 드디어 그녀는 내 하수인을 매수하여 일을 성사시켰다. 그날 그녀는 평소보다 훨씬 아름다운 모습으로 무도회에 나타났다. 그녀는 내 욕정을 충분히 자극했다고 확신하고는 내게 미리 알리지도 않고 나보다 먼저 내 집으로 와서 나를 기다렸다. 그녀의 이런 파격적인 대담한 행동이 영국 전역을 떠들썩하게 만들었고, 영국 귀족들은 아연실색했다. 그들에게 그녀의 그런 행동은 아름다운 천사의 추락 바로 그것이었다. 레이디 더들리는 스스로 영국 최상류층에서 추방되는 행동을 한 것이었다. 그녀는 그렇게 희생을 치름으로써, 내가 숭배하는 여인의 덕성을 지우려 했다. 그리고 그녀는 마치 성전 위에 올라앉아 신을 비웃는 악마처럼, 뜨거운 열기로 가득 찬 그녀의 그 풍요로운 왕국을 내가 맛볼 수 있게 해주었다.

제발 내 이야기를 너그러운 마음으로 읽어주길! 이것은 대부분의 남자들이 겪을 수밖에 없는 위기이면서 동시에 우리 인생에서 가장 흥미로운 문제 중의 하나다. 나는 남자들이 살면서 만나게 될 이런 장애물에 대해 경종을 울리기 위해 그녀에 대해 묘사를 해야겠다.

그녀는 가늘고 연약하며 아름다운 귀부인이었다. 겉보기에 쉽게 부서질 것 같았고 너무나 온화하며 다정한 표정을 한 여인이었다. 하지만 실제로 그녀는 강철 체질이었다. 아무리 사나운 말도 그녀는 쉽게 제압해서 올라탈 수 있었고 남자와의 격투도 두려워하지 않을 정도로 힘이 셌다. 말을 달리면 그 어떤 남자도 그녀를 따라잡을 수 없었으며 사냥터에서는 멈추지 않고 화살을 날릴 줄 알았다. 그녀의 열정은 아프리카 기후처럼 뜨거웠으며 욕정은 사막의 회오리바람과 같았다. 욕정으로 불타오르는 광활한 사막이 그녀 눈 속에 비치고 있었다.

그녀와 클로슈구르드와는 너무나 달랐다. 그건 바로 서양과 동양의 차이였다. 그중 하나는 아주 작은 물기까지도 온통 입으로 빨아들이려 하고 다른 하나는 자신의 마음에서 내뿜는 빛으로 주변을 감싸준다. 한 명은 날렵하고 가늘고, 다른 한 명은 느리고 풍만하다. 그녀에게서는 전형적 영국 쾌락주의의 냄새가 난다. 영국인은 물질을 신격화한다. 누가 뭐라고 말하든 영국인은 스스로도 의식하지 못하면서 물질주의의 지배를 받고 쾌락을 찾는다. 물론 그곳에도 종교와 윤리는 있다. 하지만 그 안에는 영성이나 기독교적 정신은 들어 있지 않다.

그녀는 그런 영국인들 중에서도 특별하다고 할 만큼 그들의 기질을 대표하는 여자였다. 그녀는 약해지는 척하다가도 다시 살아나는 사랑의 올가미로 나를 엮었다. 그 사랑은 이전의 나의 금욕과는 거리가 멀어도 너무 멀었다. 그 사랑은 아낌없이 베풀고 숨 막히게 아름다우며 내게 전율을 가져다준다. 이런 사랑은 지독하게 이기적이어서 그 사랑의 힘으로 주변의 사람뿐 아니라 사랑하는 상대방마저도 죽여버린다. 그리고 그 죽여버린 사람들의 시체 위에 올라타서 거침없이 웃음을 터뜨린다. 기억도 없이 지워지는 사랑이며, 잔인한 사랑이건만 거의 모든 남성들은 그 함정에 빠진다.

사람은 물질과 정신으로 이루어져 있다. 동물적인 본성이 그 안에서 다 발휘되고, 천사의 성질이 그 안에서 시작한다. 그래서 우리는 천사가 보여주는 미래와, 동물이 되새겨주는 본능 사이에서 갈등을 느낀다. 육체적인 사랑과 신성한 사랑 사이에서 갈등을 느끼는 것이다. 어떤 이는 덧없이 지나가는 욕정을 충족시키기 위해 온갖 여성들 사이를 헤맨다. 반면에 어떤 이는 단 한 명의 여성을 이상화시켜서 그 안에 전 우주를 담는다. 어떤 이들은 물질적인 쾌락과 정신적인 쾌락 사이에서 수유부단하게 방황하기두 하고 어떤 이들은 육체에 정신성을 부여한 후, 결코 육체가 줄 수 없는 것을 그 쾌락 속에서 찾기도 한다.

레이디 아라벨은 섬세한 육체적 본능과 욕정, 그것이 지닌 악과 덕을 모두 충족시켰다. 그녀가 육체의 주인이라면 모르소프 부인은 영혼의 배우자였다. 아라벨이 주는 사랑에는 한계가 있다. 물질은 유한하고 그 힘은 계산된 것이어서 금방 한계에 다다를 수밖에 없다. 정신의 갈증은 채워질수록 더 강열해지는 반면에 육체적 욕망은 채워짐과 동시에 허망해진다. 나는 레이디 더들리 곁에 있을 때 공허감을 자주 느꼈다. 반면에 클로슈구르드에서의 사랑은 끝이 없었다.

물론 나는 아라벨을 열렬히 사랑했다. 하지만 동시에 앙리에트를 숭배했다. 밤에는 행복해서 울고 아침에는 죄책감으로 울었다. 아라벨은 내 앞에서 모르소프 부인에 대해서는 한마디도 하지 않았다. 서른 살이 넘은 그녀는 모든 것을 직감한 후에 곧바로 계산할 줄 알았다. 그녀는 모르소프 부인에 대해 한 마디 말도 하지 않았지만 내 마음속에서 그녀를 지우려고 애썼다. 자기가 상대적으로 돋보임으로써 승리할 수 있도록, 의심도 하지 않았고 까다롭게 굴지도 않았으며 호기심을 보이지도 않았다. 그녀는 자기 동굴로 먹이를 물고 온 암사자 같았다. 아무것도 자신의 행복을 방해하지 않도록 지킬 뿐이었고, 나를 마치 자신이 포획한 노획물처럼 자신에게 복종하도록 강요하고 감시할 뿐이었다.

그녀는 내가 그녀 앞에서 앙리에트에게 편지를 써도 개의치 않았다. 그녀는 그것을 한 줄도 읽지 않았다. 봉투를 보고 주소를 알려고도 하지 않았다. 나는 자유로웠다. 그녀는 앙리에트 때문에 나를 잃는 일은 없다고, 그녀가 나를 잃으면 그건 순전히 자신의 탓이라고 생각했을 것이다.

사실이었다. 그녀는 앙리에트 때문에 나를 잃을 수 있다고는 생각하지 않았다. 모든 것이 그녀의 계획과 행동에 달려 있다고 믿었다. 그녀의 무기는 나를 향한 헌신적인 사랑이었다.

내가 자기를 버리면 자기는 즉시 죽을 것이라고 믿게 만들었다. 그녀는 나를 한껏 우쭐하게 만들었다. 마치 자기 자신의 모든 것이 내게 달린 것처럼 내 앞에 무릎을 꿇음으로써 나를 꼼짝 못 하게 했다. 그녀는 노예 같은 태도와 복종심으로 나를 유혹했다. 그녀는 내게 온갖 자극적인 쾌락을 선사하면서 동시에 그런 관능적 능란함을 사랑의 열정인 양 포장할 줄 알았다.

젊은이들은 그런 쾌락에서 시심(詩心)을 발견하기도 한다. 시심은 감각과 연관되어 있으니 당연한 일이다. 그런 쾌락은 젊은이들을 연상의 여인들에게 목매게 하는 강력한 끈이다. 내게도 그런 일이 벌어졌다. 예전에는 단지 상상에만 그쳤던 쾌락을 실제로 맛보면서 나는 그 환락에 온갖 의미를 다 부여했다. 그 환락이 물질을 멸망시키고 정신이 숭고하게 날아오를 수 있도록 해주는 것이라는 생각까지 했다.

레이디 더들리는 그런 환락에 사로잡힌 내 흥분 상태를 이용해서 자신을 향한 맹세를 내게서 이끌어내는 데 성공했다. 내가 욕정에 사로잡혀 있는 틈에 그녀는 클로슈구르드의 천사에 대한 불경스러운 말이 내 입에서 나오게 하는 데 성공했다. 나는 배신자가 되고 만 것이다. 이어서 나는 위선자가 되었다. 마치 내가 아직도 그녀가 사랑하는 순수한 소년인 양 가장하고 모르소프 부인에게 편지를 썼다. 그녀는 내 편지에 답장을 하지 않았다. 그러나 가끔 환희에 사로잡혀 있는 순간에 갑작스런 고통에 얼어붙곤 했다. 마치 하늘에서 "카인아, 아벨은 어디 있느냐?"라는 목소리가 들리는 것 같았다. 나는 카인이었고 앙리에트는 아벨이 된 것처럼 불안에 떨기도 했다.

나는 레이디 더들리의 사랑의 포로가 되어 지내면서도, 그렇게 그 달콤함에 빠져 있으면서도 천상에서 들리는 앙리에트의 목소리에 귀를 막고 지낼 수 없었다. 나는 더없이 불안했다. 이대로 지낼 수는 없을 것 같았다. 한 번쯤이라도 클로슈구르드로 가봐야만 진정이 될 것 같았고 그러기로 결심했다.

내 이야기를 들은 아라벨은 반대하지 않았다. 대신 투렌까지는 자연스럽게 동행하겠다고 했다. 그녀는 여성 특유의 직관으로 이 여행이 나를 모르소프 부인으로부터 완전히 떼어놓을 기회라고 생각했던 것이다. 나는 두려움에 눈이 멀었고 순진한 격정에 휩싸여 함정을 보지 못했다. 레이디 더들리는 내가 클로슈구르드에 있는 동안 투르 근처의 시골에서 변장한 채 익명으로 지내겠다고 했다. 나는 그녀에게 낮에는 외출

하지 말고 밤에만 나와 만날 것을 요구했다. 그녀는 내 요구를 선선히 들어주었다.

나는 투르에서 클로슈구르드까지 말을 타고 갔다. 밤에 이동하려면 말이 필요했기 때문이었다. 나는 6년 전에 걸어서 샀던 길을 말을 타고 갔다. 호두나무 밑에 멈추어 서니 테라스 끝자락에 흰색 드레스를 입은 모르소프 부인의 모습이 보였다. 나는 말을 몰아 그녀에게 달려갔다. 그녀는 내가 테라스 구석에 말을 세우는 것을 보고 무심한 듯 내게 말했다.

"아, 당신이로군요."

그녀의 말투에 나는 벼락이라도 맞은 듯 놀랐다. 생기가 넘치던 목소리에는 무력함과 냉랭함이 감돌고 있었다. 극심한 아픔이 묻어나고 있었고 한번 꺾여 다시는 살아날 수 없는 꽃처럼 생기가 없었다. 그렇다. 그녀는 내 연애 사건에 대해 알고 있었던 것이다! 도대체 누구에게 들은 것일까? 나중에 알게 된 사실이지만 그녀 어머니의 소행이었다.

백작 부인은 천천히 다가와 말을 보더니 말했다.

"참 좋은 말이네요."

그녀는 팔짱을 끼고 있었다. 내가 그녀의 손을 잡지 못하게 하려는 의도가 명백했다. 그녀는 백작에게 내가 온 것을 알리겠다며 집으로 갔다. 나는 그녀를 잡지도 못한 채 멍하니 서 있었다. 나는 비통에 젖어 그녀의 뒤에 대고 소리쳤다.

"앙리에트!"

그녀는 돌아서지도, 멈추지도 않았다. 그녀는 아주 느린 걸음으로 천천히, 규칙적인 걸음걸이로 클로슈구르드 성으로 올라가고 있었다. 나는 아라벨을 저주하는 말을 한마디 내뱉었다. 만일 그녀가 들었다면 죽어버릴 수도 있는 심한 말이었다.

나는 극심한 고통에 잠겨 있었다. 그때 모두가 함께 내려오고 있었다. 자크가 제일 먼저 달려왔다. 나는 그를 힘 있게 안으며 그의 어머니를 향한 애정과 사랑을 그 애에게 쏟았다. 모르소프 백작이 내게 다가오더니 내 볼에 키스하면서 말했다.

"펠릭스, 내가 살아난 게 자네 덕이라고 하더군!"

부인은 우리에게서 등을 돌리고 있었다. 그녀의 그런 모습을 마들렌이 의아하게 여기자 그녀는 마들렌에게 말을 보여 주는 척했다. 그러자 백작이 한마디 했다.

"거참, 여자들이란! 지금이 말이나 보고 감탄할 땐가?"

마들렌이 곁으로 오자 나는 부인을 바라보며 그 애의 손에 입을 맞추었다.

"마들렌이 많이 좋아졌네요."

내가 말했다. 그러자 백작이 가만히 있을 리 없었다.

"그럼 모두들 지금은 건강하지. 나만 쓰러지기 일보 직전의 담처럼 황폐해졌네."

"백작님께서는 근심거리가 있으신 모양이군요"라고 내가 말하자 부인이 갑자기 내 말에 대답했다.

"우리는 모두 블루 데블스를 가지고 있잖아요. 영어로 우울증을 그렇게 말하지요?"

그녀 입에서 느닷없이 영어가 나오자 나는 더욱 괴로웠다.

우리는 과수원을 향해 산책했다. 하지만 그녀는 나와 걷고 싶은 생각이 전혀 없었다. 자기 아내가 내게 쌀쌀맞게 대하는 것을 본 백작은 내게 과장된 친절을 베풀었다. 그는 내 손을 다정하게 꼭 쥐며 말했다.

"이보게 펠릭스, 내 부인을 용서하게. 여성들은 본래 변덕스럽다네. 여자란 원래 그런 법이니 남자들이 이해해줘야지. 여자란 약한 존재 아닌가?"

백작이 이야기하는 동안 부인은 우리 둘만 있도록 조금 멀어졌다. 백작은 두 아이들과 함께 성으로 들어가는 부인을 보며 말했다.

"펠릭스, 속이야 모르겠지만 내 아내가 6주 전부터 완전히 성격이 바뀌었다네. 온화하고 헌신적인 모습은 어디론가 사라지고 침울해졌어."

그는 잠시 뜸을 들였다가 다시 말했다.

"자네가 내 아내에게 이유를 좀 물어봐주게. 여자란 남편에게는 비밀이 있기 마련 아닌가? 하지만 자네에게는 털어놓을지도 모르지. 아내를 위해서라면 내 재산의 절반이라도 내놓겠네. 그녀는 내게 너무 필요한 존재거든! 노년기에 그런 천사가 곁에 없다면 나는 정말로 불행한 남자가 될 걸세. 그녀가 있어야 나는 편안하게 죽을 수 있어. 벗이여, 나는 얼마 남지 않았어. 그건 내가 잘 알지. 너무 예민한 감수성이 내 위장에 문제를 일으킨 거야. 아내에게 그렇게 참으며 살아갈 날도 얼마 남지 않았다고 전해주게."

내가 억지로 웃으며 대답했다.

"그렇다면 가슴으로 사는 사람들은 모두 위장이 상해서 죽겠네요."

"비웃지 말게, 펠릭스. 그건 사실이라네. 내 위장의 경화가 진행 중이야. 망명가서 그 병의 씨앗을 가져온 거지. 결혼한 후 그 상처가 치유되기는커녕 더 덧났지. 절약하기 위해서 궁핍한 생활을 하다보니 그렇게 된 거지. 그리고 자네에게만 털어놓는 비밀인데, 사실 가장 고통스러운 건 그게 아니라네. 블랑슈는 천사 같은 여자지만 나를 이해하지 못해. 이런 말을 하기는 좀 거북하지만, 아내가 정숙하지 않았다면 내가 지금보다는 행복했을 거야. 블랑슈는 남자를 즐겁게 할 줄 몰라. 게다가 하인들도 모두 나를 괴롭힐 뿐이라네. 재산은 겨우 일으켜 세웠지만 이미 늦었어. 난 이제 6개월도 안 남았다네."

백작의 투정을 들으면서, 부인을 보자마자 눈에 띄었던 그녀의 눈빛과 이마의 누런 빛깔이 갑자기 내게 떠올랐다. 자신의 죽음에 대한 백작의 투정에 나는 갑자기 그녀가 걱정되었다. 그녀에게 떠도는 그 기운은? 혹시? 나는 공포에 사로잡혔다. 나는 그녀를 자세히 관찰하고 싶어 백작의 이야기에 귀를 기울이는 척하면서 그를 집으로 끌고 갔다.

백작 부인은 거실에서 아이들과 함께 있었다. 그녀는 마들렌에게 자수를 가르치면서 도미니크 사제에게 수학 수업을 받고 있는 자크에게 가끔 눈길을 돌렸다. 내가 온 날이니 예전 같았으면 평소의 일들을 미루고 내게만 신경을 썼을 것이다. 나는 그녀의 안색을 살폈다. 여전히 천사와 같은 얼굴이었지만 뭔가 노란빛이 드리워져 있었다. 그 빛은 이탈리아 화가들이 성녀들을 그릴 때 사용한 천상의 빛과 너무 흡사했다. 그런 그녀의 모습을 보자 죽음의 기운이 온몸으로 느껴졌다. 그녀의 불같은 눈길이 내 눈과 마주쳤다. 나는 이유도 없이 소름이 끼쳤다. 그녀의 눈에는 맑은 물기가 없었다. 눈은 얇아진 눈꺼풀 속으로 더 들어가 있었고 그 주위는 검은빛을 띠고 있었다.

나는 그녀 옆에 앉으며 물었다. 후회가 가득 담긴 목소리였다.

"건강은 어떠세요?"

그녀는 내게 강렬한 눈빛을 쏘아 보내며 말했다.

"네, 좋아요. 내 건강은 여기에 있거든요." 그녀는 자크와 마들렌을 가리켰다.

자연과의 싸움에서 승리한 마들렌은 이제 열다섯 살의 성숙한 처녀였다. 그녀는 살아나서 꽃피어날 꽃봉오리였다. 하지만 자크는 여전히 허약했다.

그녀의 말을 들은 마들렌이 옆에 있다가 말참견을 했다.

"어머니가 자주 많이 편찮으세요."

그러자 백작 부인이 내게 말했다.

"어머, 당신이 내 건강에 관심이 있어요?"

마들렌은 어머니의 냉소적인 목소리에 놀라 우리를 차례대로 살펴보았다.

그 순간 내 하인이 도착했다. 나는 내 짐들을 방으로 옮기라고 지시하기 위해 밖으로 나갔다. 그러자 백작 부인이 따라 나오며 말했다.

"펠릭스, 숙모님의 침실은 이제 마들렌의 침실이 되었어요. 당신의 방은 백작님 방 바로 위예요."

나는 비록 죄를 지은 죄인이었지만 그녀의 말들은 모두 비수가 되어 내 아픈 곳을 찔렀다. 더욱이 그녀는 내 아픈 곳을 골라 찌르는 듯했다. 그녀의 마음이 섬세한 만큼 고통도 더 컸으리라. 그렇기 때문에 상냥한 여자는 자신이 자비로웠던 것만큼 오히려 잔인해진다. 내가 그녀를 쳐다보자 그녀는 고개를 숙였다.

나는 내 침실로 갔다. 아담한 방이었다. 나는 울음을 터뜨릴 수밖에 없었다. 앙리에트는 내 울음소리를 듣고는 꽃다발을 들고 내 방으로 왔다. 나는 그녀에게 말했다.

"앙리에트, 나를 용서해줄 수 없겠소?"

"나를 더 이상 앙리에트라고 부르지 말아요. 그런 여자는 더 이상 존재하지 않아요. 대신 모르소프 부인은 여전히 존재해요. 모르소프 부인은 여전히 당신 이야기에 귀 기울이고 당신의 헌신적인 친구로 남을 거예요. 우리 나중에 이야기해요. 나에 대한 애정이 조금이라도 남아 있다면 내가 당신을 보는 것, 당신의 이야기를 듣는 게 익숙해질 때까지 기다려줘요. 당신이 하는 말들이 내 가슴을 조금 덜 괴롭게 할 때, 그때 이야기해요."

나는 격정에 사로잡혀 레이디 더들리를 증오하는 말을 나도 모르게 내뱉었다.

"아, 영국이 멸망하고 모든 영국 여성들이 사라지기를! 오, 앙리에트, 폐하께 「사직서」를 내겠어요. 여기서 당신의 용서를 받은 후 죽고 싶어요."

"아니에요. 그 여자를 사랑하세요! 앙리에트는 이제 없어요. 그냥 하는 소리가 아니라는 걸 곧 알게 될 거예요."

말을 마친 그녀는 밖으로 나갔다. 내가 따라가면서 그녀의 손을 잡았지만 그녀는 곧 손을 빼내고 복도를 재빠르게 빠져나갔다.

저녁 식사 도중 나는 상상도 못 했던 고문을 백작에게서 받았다. 그가 내게 느닷없이 물었던 것이다.

"더들리 후작 부인이 지금 파리에 없다던데, 사실인가?"

나는 얼굴이 새빨개지면서 그렇다고 대답했다. 그러자 백작이 "하지만 투르에도 없는 것 같은데"라고 중얼거렸다. 나는 재빨리 대답했다.

"이혼한 건 아니니까 영국으로 돌아가면 될 겁니다. 그녀가 돌아가면 남편도 아주 기뻐할 텐데요."

"그녀에게 자녀는 있나요?" 백작 부인이 어두운 목소리로 물었다.

"아들이 둘입니다. 아버지와 함께 영국에 있습니다."

그러자 백작이 단도직입적으로 물었다.

"펠릭스, 솔직히 말 좀 해주게. 정말 소문대로 그렇게 아름다운가?"

그러자 백작 부인이 그 말을 받았다.

"무슨 그런 질문을 하세요. 사랑하는 여인은 언제나 가장 아름다운 법 아닌가요?"

"그럼요, 언제나 그런 법이지요." 나는 당당하게 그녀를 바라보며 말했다. 그녀는 내 눈길을 피했다.

"자네는 참 행운아로군그래. 행복한 친구야! 내가 젊었을 때 그런 미인을 정복했더라면 눈이 멀었을 거야."

"그만하세요." 부인이 눈짓으로 마들렌을 가리키며 백작에게 말했다.

식사 후에 백작 부인은 나를 테라스로 데리고 가더니 흥분한 어조로 말했다.

"아니, 남자 때문에 자식을 희생시키는 여자도 있어요? 재산, 명예 같은 건 버릴 수 있지만, 어떻게 자식들을!"

"그래요, 그런 여자들은 자식 이상의 것도 희생하려 하지요. 모든 걸 바친답니다."

부인은 제정신이 아니었다. 모든 게 혼란스러웠을 것이다. 그녀는, 자신은 꿈도 꾸어보지 못할 그런 사랑에 압도되었는지도 모른다. 자신의 삶이 실패한 삶일지도 모른다는 생각이

스쳐 지나갔을지도 모른다. 그녀는 자신도 모르게 회의감에 빠진 것 같았다. 하지만 그녀는 곧 스스로를 바로잡았다.

"그 여자를 많이 사랑해줘요, 펠릭스. 그녀는 내 자매와 마찬가지예요. 이곳에서 당신이 구할 수 없는 것, 내게서 얻을 수 없는 것을 당신에게 줄 수 있다면 그녀가 내게 입힌 상처를 용서하겠어요. 그래요, 당신이 옳아요. 나는 당신을 사랑한다고 말한 적도 없고 보통 사람들의 사랑을 당신에게 주지도 않았어요. 하지만, 하지만 나는 정말 궁금해요. 모성애를 갖고 있지 않으면서 어떻게 사랑하는 법을 알 수 있을까요?" 그녀의 눈에는 눈물이 맺혀 있었다.

"사랑하는 성녀여!" 나는 격하게 말했다.

"당신은 그녀보다 한참 높이 떠 있습니다. 그녀는 속된 이 세상 여자일 뿐이고 당신은 하늘의 딸입니다. 당신은 내가 숭배하는 천사입니다. 내 마음은 온통 그대에게 가 있으며 그녀가 소유하고 있는 것은 내 육체일 뿐이라는 것을 그녀도 잘 알고 있습니다. 나는 영원히 당신을 기억할 것이고 그녀는 깊은 망각 속에 잠기게 될 겁니다. 나는 아무 망설임 없이 그녀를 버릴 수 있어요."

"만일 당신이 그녀를 버린다면?"

"죽어버리겠다고 하더군요."

나는 앙리에트가 놀랄 줄 알았다. 그러나 그 대답에 그녀는 경멸에 찬 미소를 보일 뿐이었다. 그 미소 속에는 수없이 많은 이야기가 담겨 있었다. 나는 그녀에게 다시 말했다.

"오, 그대여, 그녀의 유혹에 내가 얼마나 거세게 저항했는지 당신이 안다면……. 얼마나 간사한 술수들로 나를 유혹에 빠지게 했는지를 당신이 안다면……."

"나는 당신을 너무 믿었어요. 당신이 사제처럼 정절을 지킬 줄 알았어요. 모르소프 백작도 그것만은 지키지요."

그녀의 목소리는 내용만큼이나 신랄했다. 잠시 후 그녀는 말을 이었다.

"이제 다 끝났어요. 당신은 내 육체적 생명의 불꽃을 꺼버렸어요. 이제 인생의 가장 힘든 길은 지난 셈이에요. 나는 나이가 들었고 몸은 쇠약해졌어요. 곧 병이 나겠죠. 나는 당신에게 많은 것을 빚진 셈이지만 이제 당신에게 은혜를 베푸는 빛나는 요정이 될 수는 없을 거예요. 레이디 아라벨을 배신하지 말아요. 아, 당신을 위해 공들여 키운 마들렌은 이제 누구에게 주나요? 가엾은 마들렌! 가엾은 마들렌!"

그녀는 황혼의 빛 아래서 나를 응시했다. 그리고 순수했던 과거의 명상에 잠겼다. 나도 역시 명상에 잠겼다. 그 명상 속에는 이루지 못한 연애소설이 있었다. 그녀의 마지막 향락이었다. 드디어 그녀는 내 말을 믿었다. 내가 자신을 하늘 높이 띠받들고 있다는 것을 알았다. 이윽고 그녀가 말했다.

"오, 벗이여. 나는 하느님의 뜻을 따르고 있는 거예요. 그분께서 모든 것을 인도하시니까요."

내가 그녀가 한 말의 깊은 뜻을 이해하게 된 것은 훨씬 뒤의 일이었다. 우리는 테라스로 천천히 올라갔다. 그녀는 내 팔을 잡고 체념한 듯 거기에 기댔다. 그녀가 다시 말했다.

"하느님께서는 우리에게 행복이라는 감정을 주셨어요. 그리고 그것을 동경하게 하셨어요. 그러니 이승에서 시련만 맛본 영혼을 돌보아주실 거예요. 그렇지 않다면 하느님은 존재하지 않아요. 인생은 가혹한 장난일 뿐이에요."

그러더니 그녀는 갑자기 안으로 들어가버렸다. 내가 안으로 따라 들어가니 그녀는 마치 하느님의 목소리를 듣고 쓰러진 사도 바울처럼 소파에 쓰러져 있었다. 내가 "갑자기 왜 그러세요?"라고 묻자 그녀가 대답했다.

"아아, 정절이 무엇인지 잘 모르겠어요. 내가 정절을 지킨 게 무슨 의미가 있는지도 모르겠어요."

그녀의 말에 그녀나 나나 경직되어버렸다. 그녀가 다시 말했다.

"만약 내가 잘못 선택한 삶을 산 거라면, 그녀가 옳은 거야!"

백작이 오자 그녀는 평소의 그녀답지 않게 그에게 불평을 했다. 나는 그녀에게 어디 아픈 곳을 정확히 말해보라고 애원했다. 하지만 그녀는 아무 설명 없이 잠자리로 돌아갔다. 마들렌이 어머니를 따라갔다. 부인이 그날 구토증에 시달렸다는 것을 나는 다음 날 마들렌을 통해 알았다. 나와의 대화에서 충격을 입었기 때문이었다. 그녀 내부의 싸움이 너무 치열했기 때문이었다. 그녀를 위해 내 삶을 바치려 한다면서 정작 나는 그녀를 그렇게 죽이고 있었던 것이다.

그 후로 1주일간 내게는 고통밖에 없었다. 겉으로 클로슈구르드는 변한 것이 없었지만 그곳에 생명을 불어넣어주던 영혼은 촛불이 꺼지듯 꺼져가고 있었다. 사랑하던 연인들이, 그 사랑이 사라진 후 다시 만나지 말아야 할 이유를 나는 처절하게 깨달았다. 나는 이제 그곳에서 아무것도 아니었다. 그토록 행복하던 곳에서 나는 불행했고, 내가 군림하던 그곳에서 나는 존재 이유조차 없었다. 아아, 행복에 대해 아무것도 몰랐던 어린 시절이 오히려 그리울 정도였다. 나는 절망했다.

이대로 지낼 수는 없었다. 어느 날 나는 그녀의 용서를 받기 위해 마지막 시도를 했다. 자크를 여동생과 함께 보내고 백작을 따돌린 다음 나는 부인을 거룻배가 있는 곳으로 이끌었다. 나는 그녀에게 말했다.

"오오, 앙리에트, 제발 한마디만이라도! 저는 분명히 죄를 지었어요. 하지만 개처럼 충실하게 돌아오지 않았나요? 부끄러워하며 돌아오지 않았나요? 저를 벌주셔도 좋아요. 제 마음과 몸이 산산조각 나도 좋아요. 하지만, 앙리에트, 제가 당신에게 아무것도 아닌 것은 견딜 수 없어요. 벌을 주시는 그 손을 사랑할 수 있게 해주세요. 제발 당신의 마음만은 돌려주세요."

내 깊은 절망감이 그녀에게 전해진 것 같았다. 그녀는 연민에 찬 목소리로 내게 말했다.

"가엾은 아이! 당신은 전과 마찬가지로 내 아들이잖아요. 그래요. 내가 잘못했어요. 당신은 우리에게 은인인데 당신을 절망에 빠뜨리려 하다니……. 당신은 자비로운 사람이에요. 당신은 내게 자비를 보여주었어요."

나는 그녀의 말 도중에 끼어들었다.

"오오, 나는 오로지 당신의 작품이랍니다. 내게 그런 훌륭한 점이 있다면 그건 모두 당신이 심어준 것임을 모르시나요?"

그녀는 정말로 오랜만에 내게 미소 지으며 대답했다.

"여자는 그 말만으로도 얼마든지 행복해질 수 있답니다."

그녀가 그 말을 했을 때 백작이 우리에게 왔다. 그녀는 백작에게 마차를 타고 산책하고 싶다고 말했다. 예상외로 백작이 선선히 그녀의 요구를 들어주었다. 백작이 내게 말했다.

"마차를 준비하는 동안 주사위 놀이를 몇 판 할 수 있겠군. 그런 후 자네가 내 아내와 마차를 타고 산책하게. 나는 자러 갈 테니까."

주사위 게임에서 내가 사정 봐주지 않고 계속 이기자 백작은 성질을 있는 대로 냈다. 그의 목소리를 들은 백작 부인이 거실로 들어와 말했다.

"당신, 너무 비싸게 손님 접대의 대가를 받으려 하는군요."

나는 당황해서 그녀를 바라보았다. 전에는 백작이 아무리 횡포를 부려도 직접 나서지 않던 그녀였다. 나는 그녀의 마음에서 기쁨을 느꼈다. 계속 게임에서 지자 백작은 화를 내더니 피곤하다며 자기 방으로 가버렸다. 나와 백작 부인은 잔디밭 주변을 산책하며 마차를 기다렸다. 나는 갑자기 격해져서 그녀에게 말했다.

"앙리에트는 존재해요. 나는 여전히 사랑받고 있어요. 당신은 내 마음을 아프게 하려고 일부러 내 마음에 상처를 주고 있어요."

그러자 그녀는 자신의 깊은 마음을 드러내는 수수께끼 같은 말을 했다.

"그래요, 내 안에는 한 조각 여성의 모습이 남아 있었어요. 그것을 지금 당신이 가져간 셈이지요. 하느님, 감사합니다! 제가 마땅히 겪어야 할 고난을 견뎌낼 용기를 제게 주셨으니! 그래요, 나는 아직도 당신을 너무 사랑해요. 나는 그 사랑에 넘어갈 수도 있었어요. 하지만 그 영국 여인이 그 깊은 심연을 내게 보여준 셈이에요."

그때 마차가 도착했고 우리는 마차에 올랐다. 마부가 행선지를 묻자 그녀가 말했다.

"가로수 길을 통해 시농행 도로로 가주세요. 돌아올 때는 샤를마뉴 들판과 사셰길로 해서 와주세요."

나는 급히 그녀에게 물었다.

"오늘이 무슨 요일이지요?"

"토요일이요."

"부인 그쪽으로 가지 마세요. 토요일 저녁에는 투르로 가는 닭장수들 때문에 도로가 붐빕니다."

"내가 말한 대로 해주세요." 그녀가 마부에게 재차 말했다.

우리는 서로의 목소리에 담긴 뜻을 너무 잘 알고 있었다. 그 어떤 미세한 감정도 숨기기 어려웠다. 앙리에트는 이미 모든 것을 다 알아차리고 있었다. 그녀가 약간 비꼬는 투로 내게 말했다.

"레이디 더들리가 투르에 와 있군요. 그녀가 이 근처에서 당신을 기다리고 있겠군요. 오늘이 무슨 요일이냐고요? 닭장수라니요? 우리가 예전에 산책할 때 그런 식으로 반대한 적이 있었나요? 그녀가 당신을 기다리고 있지요?"

"그렇습니다."

"몇 시에?"

"11시와 자정 사이입니다."

"어디서요?"

"들판에서요."

"가요, 내가 그녀를 봐야겠어요."

그녀의 말에 마치 내 인생이 끝장나는 것 같았다. 나는 반복되는 충격으로 인해 감수성이 고갈되었고 과일의 솜털처럼 부드러운 내 섬세함이 사라져버렸다. 나는 아무 말도 할 수 없었다. 나는 그녀가 얼마나 숭고한지 아직 다 헤아리지 못하고 있었다.

그녀가 말을 이었다.

"당신에게 내가 고백했지요? 더들리 후작 부인이 나를 구했어요. 나는 그녀가 부럽지 않아요. 내 몫은 그녀의 것과 달라요. 천사들의 찬란한 사랑, 그게 바로 나의 몫이에요. 당신이 온 후에 모든 게 더 또렷해졌어요. 나의 영혼은 지상 모든 것으로부터 초연할 거예요. 자식 사랑하듯이 친구들을 사랑할 거예요. 내 마음은 독수리보다 더 높이 날 거예요.

그 영국 여인은 나를 증오하지 않을 거예요. 자신이 사랑하는 사람의 어머니를 증오할 수 있겠어요? 나는 당신의 어머니인데요. 그래요, 나는 당신의 어머니일 뿐입니다. 내가 당신에게서 그 이상을 바란 적이 있었나요? 당신이 도착했을 때 내가 모진 말들을 했지요? 내가 당신 어머니란 것을 잠시 잊었던 거예요. 세상 어머니들도 모성을 잠시 잊는 수가 있잖아요. 그러니 내가 했던 말은 다 잊고 나를 용서해줘요. 자기 아들이 그 누군가에게 그토록 깊이 사랑을 받고 있는데 기뻐할 줄도 모르는 어리석은 어머니였어요."

그녀는 용서해달라는 말을 반복했다. 낯선 억양이었다. 젊은 처녀의 발랄한 목소리도 아니었고 단호한 숙녀의 목소리도 아니었으며 그녀의 말대로 자책하는 어머니의 목소리도 아니었다. 무언가 알지 못할 고통을 전하는 애절한 목소리였으며 내가 처음 듣는 목소리였다.

그녀는 말을 계속했다.

"자, 펠릭스. 당신은 아무 잘못도 없어요. 당신은 여전히 내 친구예요. 당신을 향한 내 애정은 조금도 변함이 없으니 어떤 죄책감도 가질 필요 없어요. 당신은 젊은이로서 당연한 사랑을 한 거예요. 내가 당신에게 쾌락을 포기하라고 한 건 극단적 이기심에서였어요. 자, 이제 분명해졌어요. 나는 당신에게 높이 떠서 반짝이는 빛일 뿐이에요. 차갑지만 한결같은 빛! 당신은 내가 선택한 거예요. 자, 펠릭스, 나를 향한 당신의 사랑도 그렇게 경건한 애정으로 승화시키세요. 나는 이렇게 살아갈 수 있어요. 나는 레이디 더들리의 손을 잡을 수 있어요."

그녀의 말은 지혜로운 것 같았지만 내게도 그녀에게도 잔인한 지혜였다. 그녀도 나도 격앙되어 있었고 그 때문에 비가 쏟아지고 있다는 사실도 알아차리지 못했다. 마부가 발랑의 가장 큰 여관을 가리키며 그곳에서 잠시 비를 피해야 하지 않겠느냐고 말했고 그녀가 고개를 끄덕였다. 우리는 여관 응접실에 약 30분 정도 머물며 비를 피했다. 벌써 11시가 되어 있었다. 여관 직원들은 몹시 의아한 눈으로 우리를 쳐다보았다.

뇌우가 그치고 가랑비로 바뀌자 우리는 다시 마차에 올랐다. 백작 부인의 지시에 마부는 샤를마뉴 들판을 향하여 마차를 몰았다. 다시 비가 내리기 시작했다. 들판 중간쯤 왔을 때였다. 익숙한 개 짖는 소리가 들렸다. 아라벨이 가장 아끼는 개가 짖는 소리였다. 잠시 후 말 한 마리가 참나무 뒤에서 갑자기 뛰어나와 길을 가로지르더니 도랑을 건너뛰었다. 레이디 더들리가 마차 앞에 멈추어 섰다.

그녀의 모습을 본 앙리에트가 말했다.

"애인을 이렇게 기다릴 수 있다니 얼마나 행복할까! 그것이 죄가 되지만 않는다면."

레이디 더들리는 내가 마차로 그녀를 데리러 온 줄 알았다. 그녀는 나 혼자 마차 안에 있는 줄 알고 내 이름을 불렀다. 그녀는 나를 영국식으로 마이 디 라고 불렀다. 나만 알아듣고 응답하리라고 생각했을 것이다.

내가 대답하기 전에 백작 부인이 말에 탄 그 환상적인 여인을 주시하면서 대답했다.

"그 사람 여기 있습니다, 부인."

두 여자는 재빨리 상대방을 살펴보았다. 영국 여인은 연적을 알아보고는 영국인답게 도도한 표정을 지었다. 그녀는 경멸에 찬 눈초리를 우리에게 던지고는 화살처럼 빠르게 히드 꽃밭 속으로 사라졌다.

마부는 마차를 클로슈구르드를 향해 몰았다. 마차는 사세 길보다 좋은 시농행 도로로 가기 위해 조금 우회했다. 마차가 다시 들판을 달릴 때 아라벨의 말이 맹렬하게 달려오는 소리와 개 짖는 소리가 들렸다. 그녀는 히드 저편에서 숲을 끼고 달리고 있었다. 그 소리를 듣고 백작 부인이 말했다.

"그녀가 가버리잖아요. 당신, 어쩜 그녀를 영영 잃을지도 몰라요."

"갈 테면 가라고 하죠. 그녀는 조금도 아쉬워하지 않을 거예요."

그런데 우리가 클로슈구르드의 가로수 길에 들어섰을 때였다. 아라벨의 개가 마차 앞으로 뛰어 나오며 반갑다는 듯 짖었다. 그녀가 그곳 어딘가에 숨어 있었던 것이다. 개 소리를 듣고 부인이 말했다.

"아, 그녀가 우리보다 먼저 도착했네요. 정말 아름다운 여자예요. 가서 만나도록 해요. 가서 나는 그녀의 연적이 아니라는 걸 설명해줘요."

나는 가지 않겠다고 버텼다. 그러자 그녀는 마치 순교자의 말투처럼 내게 말했다. 자존심이 가득한 말투였고 단호한 말투였다.

"지나친 배려는 차라리 모욕에 가까울 수도 있다는 걸 모르나요? 자, 가요, 어서."

나는 레이디 더들리의 기분이나 살펴보겠다는 마음으로 개를 따라 그녀 쪽으로 갔다. 나는 그녀가 화를 내주기를 바라고 있었다. 그리고 나를 떠나버리길 바라고 있었다. 그녀가 그래주기만 한다면 기꺼이 클로슈구르드로 돌아올 수 있으리라 생각하고 있었다.

개는 나를 참나무 아래로 이끌었다. 나무 뒤에 있던 후작 부인이 뛰어나오며 나를 보고 "어웨이, 어웨이(가요! 가요!)"라고 외쳤다. 이곳에서 벗어나자는 소리였다. 나는 목에 줄이 매인 개처럼 그녀가 묵고 있는 생시르까지 따라갈 수밖에 없었다. 우리가 그곳에 도착했을 때는 자정이었다.

"부인 건강이 아주 좋으시네." 아라벨이 말에서 내리며 말했다. 그녀를 아는 사람들은 그녀의 그런 말 속에 얼마나 큰 빈정거림이 들어 있는지 알 수 있을 것이다. 그녀의 표정은 "나라면 벌써 죽었을 텐데……"라고 말하고 있었다.

"모르소프 부인에게 그따위로 말하는 것 가만두지 않겠어"라고 나는 대답했다.

그러자 그녀는 나를 감싸 안으며 말했다.

"각하께서 소중히 여기는 분의 건강을 염려했을 뿐인데 그게 각하의 마음을 상하게 했군요. 우리 영국 여인들은 주인님이 사랑하는 건 다 사랑하고 미워하는 건 다 미워한답니다. 오, 내 사랑! 만약 당신이 나를 배반한다면 나는 이 세상 어디에도 없을 거예요. 나는 당신을 다른 여자에게 양보하지도 않아. 당신과 함께 죽을 거니까."

그녀는 나를 자신의 방으로 데려갔다. 이미 쾌락을 위한 준비가 다 되어 있었다.

나는 그녀에게 열에 들뜬 목소리로 말했다.

"당신도 그녀를 사랑해줘야 해. 그녀는 당신을 사랑해. 진심으로."

"진심으로? 아유, 요 귀여운 꼬마!" 그녀는 승마복을 벗으면서 말했다.

내게는 허영심이 발동했다. 이 오만한 여자에게 앙리에트가 얼마나 숭고한 여자인지 다 알려주고 싶었다. 프랑스어를 전혀 모르는 하녀가 그녀의 머리를 빗겨주는 동안 나는 그녀의 삶에 대해 이야기해주었다. 아라벨은 내 말에 주의를 기울이지 않는 척하면서 다 듣고 있었다. 하녀가 물러가고 단둘이 남게 되자 그녀가 말했다.

"당신이 그런 식의 종교적 대화에 취미가 있는 줄 몰랐네. 정말 재미있어. 내 영지 중 한곳에 설교 잘하는 보좌신부가 한 명 있는데 당신하고 아주 잘 맞겠어. 그 사람 이리로 보내달라고 아버지에게 편지를 쓸까?

이봐요, 허니, 나는 그냥 여자일 뿐이야. 나는 사랑할 줄 알 뿐이야. 당신이 원한다면 당신을 위해 죽을 수도 있어. 하지만 나는 박사도 아니고 신부도 아니거든. 그래서 당신에게 도덕 강의는 할 줄 몰라. 그래, 내 앞에서 그리스도 덕목을 찾으려는 거야? 원한다면 해줄 수도 있어. 오늘 당장 고행용 거친 옷을 입을까? 그 여자는 당신에게 도덕 강의를 할 수 있다니 정말 행복하겠군. 프랑스 여자들은 어느 대학에서 학위를 받는 거지? 그런 것 없는 나는 정말 불쌍해! 나도 노력할까? 애무할 때마다 키스할 때마다 성서 구절을 끼워 넣을게."

그녀는 곧이어 자신의 능력을 한껏 발휘했다. 그녀의 마술에 내 눈빛이 곧 뜨거운 열기를 드러내자 그녀는 그것을 한껏 이용했다. 결국 그녀가 승리자가 되었다. 그날 밤 아라벨은, 자신의 능력을 있는 그대로 과시하려 했다. 오로지 자기 솜씨를 자랑하기 위해 무고한 사람들의 목을 베는 옛 독재 군주와 같았다. 나는 그녀의 독재에 굴복했다. 나는 육체적 행복 이외의 모든 것은 다 잊어버리는 반수면 상태에 빠졌다. 그때 그녀가 말했다.

"그 여자는 자기 예배당 안에 갇혀 있을 만큼 강해. 하지만 나는 나약해서 당신을 사랑해. 눈살을 찌푸릴 필요 없어. 내가 그녀를 원망할 것 같아? 아니야! 그녀가 도덕적이라서 내가 당신을 차지할 수 있게 됐는데 내가 왜 그녀를 원망해? 그 덕분에 당신은 영원히 내 것이 될 텐데……. 당신은 내 거야. 그렇지?"

"그래요."

"영원히?"

"영원히."

그녀는 그 어느 때보다도 격렬하게 나를 사랑했다. 그 격렬함으로 앙리에트가 내 가슴에 남긴 여운을 지우려 했다. 후작 부인과 백작 부인은 서로를 잘 알아보았다. 아라벨의 거친 사랑은 연적에 대해 그녀가 느낀 두려움과 존경심을 드러내고 있었다.

아침에 나는 눈에 눈물이 맺힌 채 한숨도 자지 못한 그녀를 발견했다. 그녀는 눈물을 닦으며 내게 말했다.

"그녀에게 돌아가. 나는 당신이 자유의지로 내 곁에 머물 길 바랄 뿐이야. 사랑의 힘으로 붙들고 싶진 않아. 만일 당신이 다시 여기로 온다면 내가 당신을 사랑하는 만큼 당신도 나를 사랑한다고 믿겠어."

그녀는 내게 클로슈구르드로 돌아가라고 설득했다. 나는 그녀가 마련해준 행복에 너무 취한 나머지 내가 얼마나 난감한 상황에 처해 있는지를 눈치채지 못했다. 클로슈구르드로 돌아가지 않는다면 앙리에트를 거부하고 아라벨이 바라는 대로 해주는 셈이 된다. 하지만 만일 돌아간다면? 그것 역시 모르소프 부인을 모욕하는 짓이 아니겠는가? 결국 아라벨에게 돌아갈 수밖에 없는 것 아닌가? 이 모든 것을 후작 부인은 용의주도하게 미리 계산했던 것이다.

어쨌든 나는 클로슈구르드로 돌아갔다. 부인은 불면증에 시달린 듯 창백하고 쇠약해져 있었다. 나는 우리 사이에 도저히 뛰어넘을 수 없는 세계가 가로 놓인 것을 직감적으로 느꼈다. 그러나 그녀는 나를 극진하게 배려했다. 하지만 그녀와 나

사이에는 할 말이 없었다. 5년 동안 그렇게 친하게 지내왔건만 우리는 말과 생각이 일치하지 않았다.

앙리에트는 나와 자기 자신을 위해 행복한 표정으로 위장했지만 실제로는 슬퍼하고 있었다. 그녀는 내 누이라고 자처하면서도 어색한 침묵을 깰 화제를 찾아내지 못했다. 나는 그녀의 침묵에 상심했다.

이제 그곳을 떠날 날이 되었다. 그날 저녁 나는 함께 모인 가족들 앞에서 작별인사를 했다. 내가 앞발로 잔디밭을 차고 있는 내 말의 고삐를 잡자 그녀가 말했다.

"우리 둘이서만 가로수 길을 함께 걸어가기로 해요."

우리는 팔짱을 끼고 느린 걸음걸이로 마당을 통해 밖으로 나섰다. 우리는 곧 바깥쪽 울타리를 둘러싸고 있는 작은 숲에 다다랐다.

그녀는 멈춰 서더니 머리를 내 가슴에 묻고 팔로 내 목을 끌어안으며 말했다.

"안녕, 친구여. 우리 이제 다시는 만날 수 없을 거예요. 친구여, 우리는 마지막으로 이야기를 나누는 거랍니다. 내가 나중에 당신에게 겨우 몇 마디 할 수 있을지도 몰라요. 하지만 그

때의 나는 더 이상 평상시 내가 아닐 거예요. 죽음이 이미 내 몸 어느 부분을 노크했어요. 당신이 내 아이들에게서 어머니를 빼앗아간 셈이니, 그들에게 어머니 역을 대신해줘요. 당신은 그럴 수 있어요! 자크와 마들렌은 당신을 사랑하니까요."

나는 두려움에 질려 그녀의 반짝이는 눈을 바라보았다. 나는 그 눈에서 메마른 불빛을 알아보았다. 빛바랜 은(銀) 같다고 하는 것 외에는 다른 묘사 방법이 없는 빛이었다. 나는 그녀에게 소리쳤다.

"죽음이라뇨! 앙리에트, 나는 당신에게 살기를 명령하겠소! 예전에 당신은 내게 맹세해달라고 말했었지. 지금은 당신이 내게 맹세를 해주어야겠소. 오리제 선생의 진찰을 받고 그의 지시를 모두 따르겠다고……."

"하느님의 뜻을 거역하라는 건가요?"

"당신은 저 하찮은 영국 여인만큼도 나를 사랑하지 않아요. 그녀는 모든 일에 있어서 내게 순종하는데……."

그녀는 아무 말도 없이 집 쪽으로 혼자 걸음을 재촉했다. 나는 그녀를 뒤쫓았다. 잔디밭에 이르자 나는 그녀의 손을 잡고 입을 맞추며 말했다.

"오오, 앙리에트, 나는 당신 것이요. 당신 숙모가 당신을 사랑했듯이 당신을 사랑하니까."

그녀는 놀라며 내 손을 강하게 움켜쥐었다. 나는 그녀가 내게 던지는 눈길에 마음이 밝아지는 것을 느끼며 소리쳤다.

"눈길만이라도! 전에 우리가 주고받았던 그 눈길을 다시 한 번만! 그녀가 아무리 내게 자신을 모두 바친다 해도 당신처럼 생명과 영혼을 줄 수는 없어. 앙리에트, 나는 당신을 가장 사랑하오. 아니 나는 진정 당신만을 사랑하오."

그러자 그녀가 나를 바라보며 말했다.

"그래요, 당신 말대로 의사의 진찰을 받겠어요. 하지만 당신도 병을 앓고 있어요. 당신은 스스로 치유하세요."

그녀의 눈길에 아라벨은 지워져버리고 없었다.

나탈리, 앞에서 설명했듯이 나는 양립할 수 없는 두 종류의 사랑의 노리개였다. 그리고 교대로 그 사이를 왔다갔다 하며 그 손아귀에 놓여 있었다. 나는 천사와 악마를 동시에 사랑했던 것이다. 동등하게 아름다운 두 여인, 그들 중 한 명은 모든 미덕을 갖추었기에 우리의 불완전함을 돌아보게 한다. 그래서 우리 가슴을 멍들게 한다. 다른 한 명은 온갖 악덕을 다 지니고 있지만, 우리는 이기심에 눈이 멀어 그녀를 신격화한다.

앙리에트는 여전히 나를 사랑하고 있었다. 그녀의 나를 향해 보이는 냉랭함, 눈물, 죄책감, 기독교적인 체념들이 모두 그 증거들이었다. 하지만 나는 파리로 돌아가야만 했다. 나는 말을 향해 가로수 길을 걸으면서 이런 상념에 젖었다.

순간 나는 뒤를 돌아다보았다. 아직도 그녀가 홀로 그곳에 있었다. 내게는 눈물이 흘렀다. 다시는 오지 않을 아름답고 순결한 사랑, 그 사랑이 주는 감동, 다시는 내 앞에 피어나지 않을 내 인생의 꽃들 앞에서 무의식적으로 흐른 진실한 눈물이었다.

6

　　파리로 돌아온 후 나와 아라벨의 사랑은 더욱 격렬해졌다. 나는 내가 지키고자 했던 규범들을 무시하기 시작했고 그녀는 아무런 눈치도 보지 않고 나를 마음껏 사랑했다. 마치 자기 것이라는 표시를 해놓은 먹이에 달려드는 맹수 같았다. 그녀는 마치 우리의 불륜을 만천하에 알리려는 것처럼 행동했다. 모든 것을 버리는 것 같은 그런 무모한 행동을 즐기는 그녀를 보면서 어찌 그녀의 사랑을 믿지 않을 수 있겠는가?

　　그러나 불륜의 감미로움에 빠져들수록 절망감도 커졌다. 나는 두 가지를 거스르는 삶을 살고 있었다. 그중 하나는 사회적 고정관념과 도덕이었다. 하지만 무엇보다 앙리에트가 지난 날 내게 해준 충고를 나는 거스르고 있었던 것이다. 내 가슴속에는 건드릴 때마다 아픈 상처들이 있었다. 나는 앙리에트에게 내 고통을 보여주는 편지들을 썼다. 그녀는 딱 한 번 답장을 했을 뿐이었다. 그녀는 그 편지에서 그토록 많은 보물들을 잃어버렸으니 그 대가로 적어도 내 행복만은 쟁취하기를 빈다고 썼다. 그런데 나는 행복하지 못했다! 내게 레이디 더들리의 약점들이 보이기 시작한 것이다.

그녀는 변신술에 능했다. 그 누구를 사랑할 때 그녀는 황홀경에 빠진다. 그러나 이런 몽환극의 막이 내리면 그 기억은 쉽게 지워진다. 자기가 열렬히 사랑했던 대상이 쉽게 남이 되어버리는 것이다. 그 어느 얼굴이 그녀의 진짜 얼굴이란 말인가?

그제야 나는 앙리에트와 아라벨 사이의 무한한 차이를 뼈저리게 실감하기 시작했다. 모르소프 부인은 내 곁을 잠시 떠날 때도 주변 공기에게 자기 이야기를 하게 만들고 떠나는 것 같았다. 그리고 그녀가 돌아올 때면 그녀의 너울거리는 치마 소리가 내 귀를 즐겁게 했다. 그리고 그녀는 언제나 한결같은 모습이었다.

하지만 아라벨은 달랐다. 그녀의 재치는 오로지 사교계를 위해 존재했다. 그녀는 남을 헐뜯고 상처 입히는 걸 즐겼다. 그녀는 나를 재미있게 해주려고 재치를 부리는 게 아니라 오로지 자기만족을 위한 재치를 즐겼다. 모르소프 부인이 자신의 행복을 감추려 했다면 레이디 아라벨은 온 파리에 그것을 드러내려 했다. 그녀의 정숙함은 관례적인 가면이었다. 그녀는 내 개인적인 일들, 내 재산, 남자로서의 일에 대해 물어본 적이 없다. 내게 중요한 것들이 그녀에게는 철저하게 무관심의 대상일 뿐이었다.

내가 그녀와의 사랑에서 그런 굴레를 느끼기 시작하면서 나는 사랑을 거룩하게 만드는 것은 진실된 마음뿐이라는 것을 이해할 수 있게 되었고 그때마다 저 먼 곳 클로슈구르드의 장미 향기, 그 테라스의 온기가 가까이 느껴지고 나이팅게일의 노랫소리가 귀에 들려와 내 마음을 뒤흔들었다.

어느 날 내가 왕의 집무실에서 업무를 보고 있을 때였다. 그날 당직이었던 르농쿠르 공작이 오후 4시쯤 근무하기 위해 들어오자 나가려던 왕이 그에게 백작 부인의 안부를 물었다.

나는 무의식적으로 고개를 들었다.

"폐하, 불쌍한 제 딸이 사경을 헤매고 있습니다." 공작의 대답이었다.

더 이상 망설일 것도 없었다. 나는 즉각 왕에게 휴가를 청한 후 레이디 더들리에게 인사도 하지 않고 길을 떠났다. 다행히도 그녀는 외출 중이었다. 나는 왕의 명령으로 출장을 간다는 쪽지만 남겼다.

나는 그동안 그곳 소식을 전혀 듣지 못하고 있었다. 나는 내게 아무 소식도 전하지 않은 마들렌, 자크, 도미니스 사제, 모르소프 백작 모두를 원망했다. 생소뵈르 다리를 건넜을 때 나는 오리제 선생을 만났다. 그는 클로슈구르드에서 돌아오는 길이었다. 둘 다 마차에서 내렸고 나는 그에게 급히 물었다.

"모르소프 부인의 상태가 어떤가요?"

"아마 당신이 도착했을 때는 부인께서는 이 세상 사람이 아닐 겁니다. 영양실조로 끔찍하게 죽어가고 있습니다. 지난 6월에 나를 불렀을 때는 이미 손볼 수 없는 상태였습니다. 조심한다고 호전될 수 있는 병도 아닌데다 초기도 아니었어요. 뭔가 마음속 깊은 근심 때문에 생긴 병입니다. 모르소프 부인은 알 수 없는 슬픔 때문에 죽어가고 있어요."

"알 수 없다니요! 아이들이 아팠던 건 아닌가요?"

"아닙니다. 오히려 아이들은 건강해요. 부인이 앓아누운 이후로 모르소프 백작도 부인을 괴롭히지 않았습니다. 델랑드 선생이 곁에 있으니 나는 이제 필요 없어요. 백약이 무효입니다. 돈도 많고 젊고 이름다운 여인이 굶주림으로 쇠약해서 죽다니! 40일 전부터 위장이 모든 음식을 거부하고 있습니다."

그는 정중하게 내게 악수를 청하더니 내 손을 잡고 하늘을 올려다보며 말했다.

"용기를 내십시오."

내가 부인의 고통을 함께 나눈다고 믿고 나를 동정하여 한 말이었다. 그러나 그가 한 말은 내 심장을 꿰뚫는 독침 같은 말이 되었다. 나는 황급히 역마차에 올랐다.

마차를 타고 가면서 내 가슴은 쓰라린 상념으로 가득 찼다. 아이들이 건강한데 그녀가 슬픔으로 죽어가고 있다! 그녀는 나 때문에 죽는 것이다! 내 양심은 스스로를 가차 없이 비난했다. 아아, 사람을 단번에 고통 없이 살해하는 살인범은 왜 증오의 대상이 되고 처형을 당하는가! 정신적인 학대로 조금씩, 조금씩 사람을 죽이는 살인범은 어찌하여 존경의 대상이 되고 행복한 삶을 누리는가! 아아, 내가 바로 그런 가증스런 살인범이 아닌가!

클로슈구르드에 들어서자 자크와 마들렌, 그리고 도미니스 사제가 경작지 모퉁이에 꽂힌 나무 십자가 앞에 무릎을 꿇고 앉아 있었다. 나는 마차에서 뛰어내려 눈물에 젖은 채 그들에게 다가갔다.

"부인은 어떠신가요?" 나는 자크와 마들렌의 이마에 건성으로 입을 맞추며 도미니스 사제에게 황급하게 물었다. 아이들은 기도를 멈추지 않은 채 내게 냉랭한 눈길을 보냈다. 나는 황급히 다시 물었다.

"아직 살아 있습니까?"

그는 천천히 고개를 끄덕였다. 슬픔에 찬 얼굴이었다. 그가 말했다.

"며칠 전부터 부인은 시간을 정해놓고 아이들을 만나십니다. 부인이 그러길 원했습니다. 당신도 부인을 만나려면 몇 시간을 기다려야 할 겁니다. 당신을 만나려면 마음의 준비를 할 필요가 있을 거니까요. 그러지 않으면 그녀를 더 큰 고통에 빠뜨릴 수도 있으니까요. 아아, 이제 그녀에게 죽음이 오히려 축복일 것입니다."

나는 타인의 상처를 눈빛과 목소리로 감싸주는 이 성스러운 인물의 손을 꼭 쥐었다. 그가 계속 말했다.

"우리 여기서 모두 그녀를 위해 기도합시다. 죽음을 체념으로 받아늘이넌 그토록 숭고하던 분의 마음속에 며칠 전부터 죽음에 대한 공포가 자리 잡았습니다. 이 아름다운 영혼을 앞에 두고 악마가 하늘과 겨루고 있습니다. 부인과 만나려면 좀 더 기다리십시오. 당신에게는 지금 궁중의 화려함, 사교계의 축제의 냄새가 배어 있습니다. 당신을 보게 되면 죽음에 대한 부인의 탄식의 목소리가 높아질 것입니다."

이어서 사제는 그간의 상황을 내게 자상하게 이야기해주었다. 오리제 선생의 치료가 여섯 달 전부터 시작되었지만 부인의 상태는 나날이 더 악화되었다. 의사는 두 달 동안 매일 클로슈구르드로 찾아왔다. 어떻게 해서라도 그녀를 구하기 위해서였다. 부인도 의사에게 "저를 구해주세요"라고 말했었다.

병이 악화될수록 온화하던 그녀의 말이 점점 거칠어졌다. 그녀는 자신을 데려가라고 하느님께 기도하는 대신 자기를 이 땅에 붙잡아달라고 소리를 질렀다. 그러나 잠시 후면 하늘의 부름에 대해 불평한 것을 곧 뉘우쳤다. 사제는 이렇게 결론적으로 말했다.

"그녀는 이렇게 끔찍한 싸움을 벌이면서 고통스러워하고 있습니다. 정신과 육체 사이의 싸움이지요. 때로는 육체가 승리하기도 해요. 어느 날은 자크와 마들렌을 침대에서 밀어내면서 '너희 때문에 내가 너무 많은 걸 희생한 거야'라고 말씀하시더군요. 하지만 조금 전에는 저를 보자 마들렌을 가리키며 이런 말씀을 하셨습니다. '더 이상 자신의 행복을 바랄 수 없는 사람에게는 다른 사람의 행복이 곧 자신의 기쁨이란다.' 부인께서는 가끔 휘청거리고 넘어지시기도 합니다. 그러나 한 번 발을 헛디딜 때마다 하늘을 향해 다시 한 번 더 우뚝 일어서십니다."

나는 더 이상 참지 못하고 사제에게 외쳤다.

"아아, 이렇게 꺾여버린 아름다운 백합은 천상에서 다시 피어나겠지요?"

사제가 내게 대답했다.

"이제까지 그녀는 아름다운 한 송이 꽃이었습니다. 하지만 그 꽃은 고통의 불속에서 타버려 정화될 것입니다. 마치 재 속에 묻힌 다이아몬드처럼 순수하게 될 것입니다. 순수하게 빛나는 그 영혼이 천상의 별이 되어 눈부시게 반짝이며 빛의 왕국으로 들어갈 것입니다."

내가 감사의 마음으로 이 거룩한 사제의 손을 쥐었을 때 백작이 백발이 된 머리를 집 밖으로 내밀었다. 그는 나를 보자 놀라며 말했다.

"정말 자넨가? 자네가 맞아? '펠릭스, 펠릭스가 왔어요!'라고 아내가 외쳤어. 아아, 늙은 나 같은 미치광이를 데려가지 않고 왜 그녀를⋯⋯."

나는 용기를 내어 성을 향해 걸어갔다. 그러자 잔디밭과 층계 사이에 있던 비로토 신부가 나를 멈춰 세우며 말했다.

"부인께서 아직 들어오지 말라고 하십니다."

백작이 "무슨 일이야?"라고 묻자 사제가 대답했다.

"환자의 요구입니다. 부인께서는 지금 모습으로 자작님을 만나고 싶지 않다고 하십니다. 몸치장을 하시겠답니다."

나는 온갖 상념에 젖어 조용히 집 앞 잔디밭을 거닐었다. 그토록 행복했던 추억이 있던 이곳이 온통 침울함에 물들어 있었다. 백작은 부인이 자기 치료법을 듣지 않고 고집을 부리는 바람에 병이 무거워졌다고 여전히 말도 안 되는 소리를 늘어놓고 있었다. 이 한심한 인간은 이 순간에도 그녀를 향해 사리에 어긋나는 비난을 쏟아놓고 있었다.

얼마 후 마들렌이 와서 어머니가 나를 기다린다고 전했다. 비로토 신부가 내 뒤를 따라왔다. 그가 내게 말했다.

"나는 이런 식의 재회를 막기 위해 온갖 힘을 다 기울였습니다. 그 성녀를 구원하기 위해서입니다. 하지만 이제 당신과 부인이 만날 수밖에 없게 되었습니다. 제가 부인을 보호하기 위해 당신과 함께 있겠습니다. 부인은 지금 삶에 대한 미련에 강하게 사로잡혀 있습니다. 부인은 많이 변하셨습니다. 모두들 '원래의 그분이 어디로 갔지?'라고 말할 정도입니다. 당신을 보면 부인의 탄식이 심해질 겁니다. 사교계 인사로서의 생각을 버리고, 마음의 허영심을 버리고, 하늘의 보조자가 되어주세요. 이 성녀가 절망 속에서 죽지 않도록……."

나는 아무 대답도 하지 않았다. 도대체 그녀가 얼마나 달라진 것일까? 상태가 어느 정도이기에 모든 사람들이 이토록 조심하는 것일까? 나는 막연하기에 더 잔인할 수밖에 없는 불안감에 떨고 있었다.

신부와 나는 침실 문 앞에 이르렀다. 신부가 문을 열어주자 흰 드레스를 입은 채 벽난로 앞 작은 소파에 앉아 있는 앙리에트의 모습이 보였다. 벽난로 위의 두 꽃병에는 꽃들이 꽂혀 있었고 창문 앞 작은 탁자에도 꽃이 있었다. 방의 모습이 변한 깃에 비로도 사게는 놀란 표정을 지었다. 그녀는 열병으로 죽어가면서도 사랑하는 이를 품위 있게 맞기 위해 마지막 힘을 다해 침실 주변을 깨끗이 정돈한 것이다.

그녀의 눈은 움푹 들어가 있었으며 이상한 광채를 발하고 있었다. 그녀에게 고통을 이겨내면서 몸에 밴 침착한 위엄은 더 이상 보이지 않았다. 여전히 아름다움을 간직한 이마 위에도 공격적인 욕망이 새겨져 있었다. 핏기 없는 입술에 떠오른 미소는 어렴풋이 죽음의 냉소를 닮아 있었다. 가슴 위에 십자 모양으로 포개진 드레스는 그녀의 몸이 얼마나 말랐는지를 보여주고 있었다. 그녀는 더 이상 내 사랑스런 앙리에트도 아니었고, 고귀하고 거룩한 모르소프 부인도 아니었다. 이름 없는 그 무엇인가였다. 허무와 싸우면서 죽음을 상대로 이기적인 맞대결을 하게 만드는 그 무엇이었다.

나는 그녀 곁으로 다가가 손을 잡았다. 손은 뜨겁고 메말라 있었다. 그녀는 억지로 미소를 지었다. 아주 복잡한 심정을 숨기려할 때 짓는 미소였다.

이윽고 그녀가 말했다.

"아, 죽음이 가까이 오네요, 펠릭스. 당신도 죽음을 싫어하죠? 모든 살아 있는 존재가 혐오하는 추악한 죽음이에요. 아, 나는 왜 당신이 오기를 바랐던 걸까요? 당신은 결국 왔지요. 그런데 그 보상으로 결국 이런 모습을 보여주다니요! 나는 당신의 기억 속에 아름답고 숭고하게 머물고 싶었는데, 영원한 백합으로 남기를 원했는데 결국 당신의 환상을 깨버리는군요.

진정한 사랑은 아무런 계산도 하지 않는 법이지요. 이제 도망가지 말고 이곳에 있어요. 의사 선생님께서 내가 많이 좋아졌다고 하셨어요. 나는 다시 살아날 거예요. 당신이 나를 보고 있는 가운데 기운을 차리고 음식을 입에 델 거예요. 나는 다시 아름다워지겠죠. 나는 이제 겨우 서른다섯 살이에요. 아직 좋은 시절을 누릴 수가 있어요. 나도 행복을 맛보고 싶어요. 행복은 사람을 젊어지게 한다잖아요. 나는 꿈같은 계획을 세웠어요. 모두들 여기 남겨 두고 우리 둘이 이탈리아로 떠나요."

눈물이 하염없이 내 눈에서 흘러내렸다. 나는 꽃을 보는 척 창문 쪽으로 고개를 돌렸다. 비로토 신부가 재빨리 내게 다가와 내 귓가에 속삭였다.

"눈물을 보이지 마시오!"

나는 그녀의 달라진 외양을 보고 놀랐다. 그러나 그토록 숭고하고 위엄 있던 이 여인이 보이는 태도, 목소리, 행동을 보고 더욱 놀랐다. 그녀는 어린아이가 되어 있었다. 그녀는 어린아이와 같은 무지, 순진함, 탐욕스러움, 한 마디로 말해 어린아이의 온갖 나약함을 내게 보여주고 있었다. 아이들이 나약하기에 보호받아야 하는 것처럼 그녀도 보호를 받아야만 했다. 주변 모두를 보호해주던 그녀는 이제 보호받아야 할 사람이 되어 있었던 것이다.

나는 그녀의 기분을 거슬리지 않기 위해 굳어 있는 미소와 몸짓으로만 대답을 했다. 그러자 그녀가 계속 말했다.

"예전처럼 당신이 내 건강을 되찾게 해주면 돼요, 펠릭스. 우리 골짜기는 내 건강에 좋을 거예요. 당신이 준다면 내가 뭐든 안 먹겠어요? 당신은 정말로 간병을 잘하잖아요. 내 가슴은 당신에 대한 타는 듯한 갈증에 시달린답니다."

그녀는 두 손으로 내 손을 잡더니 나를 끌어당겼다. 그리고 내 귀에 대고 목소리를 낮추어 속삭이듯 말했다.

"내가 왜 병이 났는지 알아요? 당신을 보지 못해서예요. 당신이 나보고 살라고 했지요? 그래요, 나는 살고 싶어요. 나도 말을 타고 싶어요. 그리고 파리사교계의 쾌락들을 맛보고 싶다고요. 그래요. 살고 싶어요! 거짓이 아닌 진짜 삶을 살고 싶어요. 진짜 삶은 살아보지도 못한 내가 죽다니 말이 되나요? 들판에서 애인을 기다려보지도 않은 내가 어떻게 죽어요? 아아, 나는 사랑에 굶주렸어요. 다른 여인들은 행복하겠죠!"

그녀는 내 목에 팔을 두르고 나를 열렬하게 끌어안았다.

"다시는 내게서 도망치지 말아요. 나는 사랑받고 싶어요. 함께 저녁 식사하러 가요."

그녀는 갑자기 실신해서 쓰러지려 했다. 나는 그녀를 들어 침대에 눕혔다. 너무 가벼웠다. 그때 델랑드 선생이 방으로 들어왔다. 그는 앉아서 환자의 맥을 짚어보더니 황급히 일어나 신부에게 낮은 목소리로 몇 마디 말을 하고는 밖으로 나갔다. 나는 그의 뒤를 따랐다.

내가 의사에게 물었다.

"어떻게 하실 작정이신가요?"

"임종을 편하게 해드리는 수밖에 없습니다. 이렇게 기력이 넘치실 줄은 상상도 못했습니다. 부인은 42일째 마시지도, 먹지도, 자지도 않았습니다."

그때 비로토 사제가 내게 오더니 의사에게 맡기자고 말하고 나를 마당으로 네리고 갔다. 나는 망연자실해 있었고 고통스러웠다. 나는 고문을 받는 것 같았다. 절망감에 온갖 생각이 다 떠올랐다. 그녀와 함께 죽을까 하는 생각도 들었고 깊은 수도회에 들어가 틀어박힐까 하는 생각도 했다. 내 눈은 흐려져 아무것도 보이지 않았다. 나는 앙리에트가 앓아누워 있는 침실 창문을 바라보았다. 나는 그녀와 마음속으로 약속했던 그날 밤의 불이 켜진 것으로 착각했다.

아아, 나는 그녀가 마련해준 소박한 삶을 따르며, 그녀의 일을 돌보며 그녀에게 헌신해야 했던 것이 아닐까? 나는 내가 그토록 탐닉했던 아라벨과의 사랑이 갑자기 역겨워졌다. 앞으로 빛과 희망을 어디서 찾을 수 있단 말인가? 앞으로 내 삶이 무슨 의미가 있을 것인가?

회환과 비탄에 젖어 있을 때 하녀 마네트가 와서 말했다.

"마님께서 잠드셨어요. 델랑드 선생님이 꽃을 치우게 하셨어요."

그렇다, 꽃이 그녀를 흥분시켰던 것일 뿐 조금 전의 그녀의 모습은 본 모습이 아니었다. 대지의 생명, 식물들의 수태의 축제와 애무, 그것들이 뿜어내는 향기가 그녀를 취하게 했던 것이고 그녀 안에서 잠들어 있던 행복한 사랑의 꿈을 깨웠던 것이다.

마네트가 다시 말했다.

"펠릭스 님, 어서 오세요. 오셔서 마님을 보세요. 천사처럼 아름다우세요."

지는 해가 아제성의 지붕을 장식하고 있는 조각들을 황금빛으로 물들이는 것을 보며 나는 죽어가는 여인의 방으로 다시 들어갔다. 모든 것이 고요하고 맑았다. 은은한 빛이 앙리에트가 누워 있는 침대를 비추고 있었다. 나는 보았다. 육체는 소멸되고, 마치 폭풍이 지나간 후의 맑은 하늘처럼 오직 영혼만이 살아 있는 평온한 얼굴을! 다시 이전의 모습을 되찾은 블랑슈와 앙리에트, 한 여인의 위대한 두 얼굴이 더없이 아름답게 빛나고 있었다.

두 신부는 침대 옆에 앉아 있었다. 백작은 사랑하는 아내 옆에 얼빠진 채 서 있었다. 나는 소파 위, 그녀가 앉았던 곳에 앉았다. 우리 네 명은 이 천상의 아름다움에 대한 감탄과 회한의 눈길을 서로 주고받았다. 부인의 얼굴을 그녀의 마음이 밝히고 있었으며, 그 빛은 가장 아름답고 성스러운 곳에 하느님께서 임하셨음을 알리고 있었나. 천사들이 잉리에트를 지키고 있었다!

그녀의 이마 위로 덕성의 위대한 빛이 돌아와 있었다. 정화된 순결한 얼굴이었으며 그녀를 지키는 천사들 아래에서 위엄과 장중함을 갖춘 얼굴이었다. 육체적인 고통을 나타내는 푸르스름한 색은 순백색으로 바뀌어 있었다.

자크와 마들렌이 들어왔다. 마들렌은 침대 앞으로 뛰어들어 두 손을 모으고 거룩한 탄성을 질렀다.

"드디어 어머니가 돌아오셨어요!"

자크는 미소를 짓고 있었다. 자기도 어머니가 가는 곳으로 곧 따라갈 것임을 확신하는 미소였다.

"이제 목적지에 도착하고 계십니다." 비로토 신부가 말했다.

마을 성당의 종루에서 만종이 울렸다. 그 소리는 온화해진

대기의 물결을 따라 밀려오며, 여자로서의 원죄를 씻은 한 여인에게 천사가 해준 말을 온 그리스도 공동체가 되뇌고 있는 것 같았다. 그날 저녁 아베 마리아의 선율은 하늘이 보내는 인사처럼 들렸다. 너무나 분명한 예언이었고 죽음이 너무나 가까운 것을 알았기에 우리는 울음을 터뜨렸다. 나뭇잎 사이로 부는 산들바람의 노랫소리, 새들의 지저귐, 벌레들의 울음소리, 물소리와 청개구리의 애처로운 울음소리 등 온 자연이 이 골짜기의 가장 아름다운 백합에게, 그녀의 소박하고 전원적인 삶에 작별인사를 보냈다. 종교적인 서정과 자연의 서정이 한데 어울려 이별의 노래를 하는 동안 우리는 계속 흐느꼈다.

이윽고 의사가 하느님 곁으로 올라가는 이 천사의 고통 없는 마지막 시간이 왔음을 고해신부에게 손짓으로 알렸다. 종부성사를 받을 순간이 다가왔다. 9시쯤 그녀는 천천히 깨어나 우리를 온화한 눈빛으로 바라보았다. 우리는 건강했던 시절의 아름다움을 되찾은 우리의 우상을 다시 볼 수 있었다. 그 모습을 보고 마들렌이 외쳤다.

"어머니, 너무 아름다우세요. 어머니에게 생명과 건강이 돌아오고 있어요."

"사랑하는 내 딸아, 나는 네 안에서 살 거란다." 부인이 미소 지으며 말했다. 어머니와 아이들은 서로 애절하게 포옹했다. 모르소프 백작은 아내의 이마에 경건하게 입을 맞추었다. 그녀는 나를 보더니 얼굴이 붉어졌다.

"사랑하는 펠릭스, 제정신이 아니었던 내가 한 말은 모두 잊어줘요." 그녀가 내민 손에 내가 입을 맞추자 그녀만의 덕이 넘치고 우아한 미소를 지으며 말했다. "옛날처럼, 그럴 거지요, 펠릭스?"

우리는 모두 밖으로 나가 마지막 고해성사가 진행되는 동안 거실에 있었다. 한 시간 정도가 깊은 침묵 속에 흘러갔다. 이윽고 비로토 신부가 모르소프 부인의 고해를 듣고 밖으로 나왔다. 우리는 모두 그녀의 침실로 들어갔다. 그녀는 아름다운 모습으로 침대에 앉아 있었다. 눈물에 젖은 눈은 최상의 깨달음에 이르렀음을 보여주고 있었다. 이미 약속된 땅의 지고의 환희를 보고 있는 것 같았다.

그녀는 내 손을 꼭 쥐고 말했다.

"사랑하는 펠릭스, 당신은 여기서 내 삶의 마지막 순간들을 지켜봐야 해요. 아주 고통스러울 수도 있지만, 당신과 관계가 있으니까요."

그녀의 손짓에 문이 닫혔다. 그녀는 백작에게 앉으라고 권
했다. 비로토 신부와 나는 서 있었다. 그녀는 마네트의 도움을
받아 일어서더니 백작 앞에 무릎을 꿇었다. 백작은 매우 놀랐
지만 그녀는 그대로 있으라고 했다. 마네트가 나간 다음 그녀
는 백작의 무릎에 기대었던 머리를 들고 목멘 소리로 이렇게
말했다.

"저는 당신의 성실한 아내로 살았지만 어쩌면 아내로서의
의무를 다하지 못한 적도 있었을 거예요. 방금 하느님께 기도
했어요. 당신에게 용서를 빌 힘을 달라고요. 저는 가족 이외의
사람에게 정을 느끼고 마땅히 당신에게 쏟아야 할 정성을 그
에게 쏟았어요. 제가 비록 인간의 법으로는 정숙하고 나무랄
데 없는 아내였지만 무의식적으로는 다른 생각들이 제 마음
속을 자주 스쳐갔어요. 하지만 당신을 매우 사랑했고 당신의
순종적인 아내였기에 순결을 지킬 수 있었어요. 당신의 블랑
슈를 향한 다정한 한마디라도 당신에게서 들을 수 있다면, 당
신이 이 모든 죄를 용서해주신다면, 저는 편안하게 죽을 수 있
을 거예요."

노신사는 눈물을 흘리며 갑자기 외쳤다.

"블랑슈, 블랑슈! 당신은 나를 죽이려는 건가? 용서를 구해야 하는 건 내가 아닌가? 내가 당신을 너무 모질게 대한 게 아닌가? 당신은 너무 소심해서 자기 잘못을 너무 크게 만드는 것 아니오?"

그는 아내를 일으켜 세우고는 그녀의 이마에 입을 맞춘 채 서 있었다. 그러자 그녀가 말했다.

"그럴지도 몰라요. 하지만 여보, 죽어가는 사람의 나약함을 너그럽게 봐주세요. 당신에게도 이런 순간이 오면 내가 당신을 축복하면서 떠났다는 것을 기억해주세요. 부탁이 하나 있어요. 여기 있는 우리의 벗에게 깊은 애정의 증표를 하나 남기는 걸 허락해주세요."

그녀는 벽난로 위에 놓인 편지 한 통을 가리켰다.

"이제 펠릭스는 제 양자일 뿐이에요. 제 마지막 소원으로 그에게 위대한 업적을 남기라고 명령하고 싶어요."

그녀는 내게 편지를 건네주며 말했다.

"내가 죽은 후에 읽어주세요."

백작은 창백해진 아내를 침대까지 안고 갔다. 우리는 그녀

주위로 둘러섰다. 그녀가 내게 말했다.

"펠릭스, 내가 당신에게도 잘못한 게 있을지 몰라요. 당신을 들뜨게 하고는 실망시킨 적이 많을 거예요. 하지만 모든 것을 지켜주고 화해시켜준 건 아내와 어머니로서의 용기 바로 그거예요. 그러니 자주 내게 불평했던 당신도 나를 용서해야 합니다."

내가 입을 열려 하자 비로토 신부가 입술 위에 손가락을 얹었다. 말을 마친 그녀는 머리를 기울였다. 그녀는 성직자들과 자녀들과 하인들을 들어오라고 손을 흔들었다. 종부성사를 받기 직전에 그녀는 그들 모두에게 사과하고 자기를 위해 기도해달라고 부탁했다. 그리고 끝으로 사제에게 진심을 담아 감사의 말을 전했다.

이윽고 기도가 시작되었다. 신부는 그녀에게 임종의 성체배령을 베풀었다. 얼마 후 그녀는 내게 마지막 눈길을 보내고는 모두가 보는 가운데 숨을 거두었다. 우연인지 나이팅게일 두 마리가 서로 주고받는 울음소리가 들렸다. 백작과 나는 두 사제와 함께 밤새도록 침대 곁에서 깨어 있었다.

이틀 후, 선선한 가을날 아침에 우리는 마지막 안식처로 가는 부인을 수행했다. 일행은 앵드르의 골짜기를 지나 사셰의 작은 공동묘지에 도착했다. 시골 마을의 소박한 공동묘지였다. 그녀는 가난한 농촌 여인처럼 검은 나무 십자가 아래 소박하게 묻히고 싶다고 말했었다.

엄청난 군중이 애도하며 우리를 뒤따랐다. 그녀가 평소에 베푼 선행의 결과였다. 그녀는 가난한 사람들을 돕기 위해 저금통을 헐었으며 자신의 의상 비용을 보태기도 했다. 그녀는 헐벗은 아이들에게 옷을 입혔고, 기저귀를 보냈으며, 가난한 어머니들을 도왔고, 불우 노인들에게 밀가루를 보냈으며, 가난한 가족에게 소를 주기도 했다.

그녀는 그리스도인으로서, 어머니로서, 성주의 부인으로서 이 모든 자선을 베풀었다.

미사 후에 부인이 묻힐 공동묘지에서 나는 실신했고 사람들이 나를 사셰의 성까지 데려다주었다. 이후 나는 클로슈구르드에 갈 수 없었다. 마들렌의 적대심 때문이었다. 그녀는 어머니가 나 때문에 돌아가셨다고 굳게 믿고 있었으며 그게 사실이기도 했다. 모든 것을 사랑했고 모든 것이 나를 사랑했던

219

그곳에서 내가 혐오의 대상으로 존재한다는 것을 나는 견딜 수 없었다.

그곳에 갈 수 없게 되면서 한 남자의 가슴속에 싹텄던 가장 아름다운 사랑은 그렇게 끝이 났다. 젊음만이 보여줄 수 있는 가장 아름다운 감정과 그것이 빚은 위대한 비극은 그렇게 끝이 났다.

이후 나는 나 자신에 대해 깊이 성찰했다. 내 인생의 모든 꽃이 꺾인 충격 후에 과연 내가 무엇을 할 수 있을지 자문해보았다. 나는 정치와 학문의 길에 전념하기로 했다. 그리고 그녀가 고귀한 충고로 내게 권한 길, 내 야심을 성취할 그 구불구불한 길을 걷기로 작정했다. 내 삶에서 여자를 추방하고 차갑고 무덤덤한 정치가가 되기로, 그럼으로써 내가 사랑했던 성녀에게 절개를 지키기로 마음먹었다.

그러면서도 나는 죄책감에 시달리고 있었다. 나는 수도 없이 내가 그녀의 죽음을 야기한 장본인인지 자문해보았다. 결국, 가을의 어느 그윽한 오후에, 나는 자신이 죽은 다음에 읽어보라고 그녀가 부탁했던 편지를 읽었다.

모르소프 부인이 펠릭스 드 방드네스에게

펠릭스, 너무 사랑했던 벗이여. 이제 내가 당신에게 내 마음을 열어보여야 할 때가 온 것 같아요. 당신을 너무 사랑해서라기보다는 당신에게 얼마나 무거운 의무를 졌는지는 알려주기 위해서입니다.

내가 쓰러지는 이 순간, 다행히도 내 안에서 여인은 죽고 어머니만 살아남았습니다. 곧 고통이 내 힘을 빼앗아가겠지요. 그전에 내게 마지막 남은 판단력으로 당신께 애원하려 합니다. 나를 대신해서 어머니와 같은 마음으로 아이들을 돌보아주세요. 당신에게는 그래야만 할 의무가 있어요. 당신이 어머니의 마음을 그들로부터 앗아갔으니까요. 내가 당신을 사랑하지 않는다면 나는 단호하게 명령했을 거예요. 하지만 우리의 사랑처럼 당신이 이런 의무를 자발적으로 짊어지기를 저는 원해요.

나는 알고 있어요. 우리는 여전히 사랑하고 있다는 것을. 내가 이렇게 죽어가고 있는 건 당신이 준 마지막 상처 때문이에요. 하지만 그게 치명적인 건 아니에요. 내가 그 상처를 내 안에서 더 키웠지요. 내가 죽을 만큼 질투심을 느꼈다고 하지 않았던가요? 그래서 지금 죽어가고 있는 거지요.

하지만 안심하세요. 우리는 인간의 법규를 준수했으니까요. 사랑하는 사람이여, 당신에게 모든 걸 다 밝히겠어요. 당신이 내 생각을 하나라도 모르는 게 있는 채 살아가길 원치 않기 때문이에요. 내가 최후의 순간에 하느님께 고백한 걸 당신도 모두 알아야 해요. 하느님이 하늘의 왕이신 것처럼 당신은 내 마음의 왕이니까요.

내가 유일하게 참석했던 그날의 축제, 앙굴렘 공작을 위해 개최되었던 그 축제날까지 나는 아무것도 모르는 무지 속에 살고 있었어요. 처녀들의 영혼을 천사처럼 아름답게 만드는 그런 무지 말이에요. 내 결혼 생활이 나를 그렇게 만들어준 거지요.

그래요, 나는 두 아이의 어머니였어요. 하지만 사랑이 가져다주는 쾌락은 맛본 적이 없었어요. 왜 그렇게 되었는지는 나도 잘 모르겠어요. 어떻게 한순간에 내 안의 모든 것이 변하게 되었는지도 모르겠고요.

당신의 입맞춤, 아직도 기억하나요? 그건 내 삶을 지배했고 내 영혼에 긴 자국을 냈답니다. 당신의 뜨거운 피가 내 핏속의 열정을 깨웠고, 당신의 젊음이 내 젊음 속으로 스며들었으며, 당신의 욕망이 내 가슴속에 파고들었기요. 내가 머리를 높이 쳐들고 일어섰을 때, 그때 나는 어떤 말로도 표현할 수 없는 기분에 사로잡혀 있었어요. 갓난아기들이 그 눈으로 처음 빛을 만났을 때, 그걸 표현할 말을 알 수 없는 것과 마찬가지였어요.

그래요, 그건 내가 경험하지 못했고, 아직 표현할 말도 알지 못하는 새로운 세계였어요. 바로 영혼의 삶이었지요. 나는 깨달았어요. 이 세상에는 아직 내가 경험하지 못한 그 무언가가 존재한다는 것을! 나는 나도 모르는 새 가슴속에 벼락을 맞은 거고, 나도 모르는 새, 잠들어 있던 욕망에 불이 붙은 거예요. 클로슈구르드로 돌아오는 길에 봄의 첫 잎사귀들과 꽃향기, 어여쁜 흰 구름들, 앵드르강의 강물, 그리고 맑디맑은 저 하늘 이 모든 것들이 여태껏 내가 알아듣지 못했던 언어로 말을 하면서 내 영혼을 흔들었어요. 당신은 그 치명적인 키스를 잊었는지 모르지만 나는 내 마음속에서 지울 수가 없었어요. 그때부터 당신을 볼 때마다 그 기억이 되살아났어요. 나는 당신의 모습을 보면, 아니 당신이 곧 올 거라는 생각만으로도 머리에서 발끝까지 흥분되었답니다. 때로는 당신이 나를 힘으로 굴복시켰으면 하는 생각까지 했지만 기도를 해서 그런 나쁜 생각들을 재빨리 쫓아버렸어요.

무슨 말을 더 할 수 있겠어요? 당신은 첫날부터 내게 엄청난 영향력을 지니게 된 거예요. 그러니 나중에 나를 향한 당신의 마음을 알게 되었을 때 내 마음이 어땠겠어요? 당신이 그토록 순수하고 진실되며 훌륭하다는 것을 알게 되었을 때, 당신이 큰일을 할 능력이 있으며 이미 시련으로 단련되었다는 것을 알았을 때 나는 얼마나 황홀했는지!

당신은 어른이면서 동시에 아이였고 수줍으면서도 용감했지요. 우리가 같은 아픔의 세례를 받은 걸 알고 얼마나 기뻤는지! 우리가 서로 속마음을 털어놓은 그날 저녁 이후 당신을 잃는 것은 내게는 곧 죽음을 뜻했어요. 나는 이기심으로 당신을 내 곁에 두었죠.

그 사실을 아신 베르즈 신부님은 충격을 받으셨어요. 신부님은 아이들과 백작에게 내가 꼭 필요한 존재라는 것을 잘 알고 계셨거든요. 하지만 신부님은 당신에게 이 집 출입을 금지시키라는 명령을 내리지는 않으셨어요. 내가 행동이건 생각이건 순결을 지키겠다고 약속드렸거든요. 그러자 신부님이 제게 말씀하셨어요.

"생각은 의지와 상관없이 올 수 있습니다. 하지만 그런 생각이 자기도 모르게 찾아온 괴로운 순간에도 그 생각을 감시할 수는 있는 법이지요."

"신부님, 저 자신으로부터 저를 구해주세요. 그가 제 곁에 머물되, 제가 정조를 지킬 수 있게 해주세요"라고 저는 간청했지요. 엄격하지만 자비로운 그분이 제게 말씀해주셨어요.

"그분을 아들처럼 사랑하셔도 됩니다. 그분을 따님과 맺어준다는 생각을 하시면 됩니다."

저는 당신을 잃고 싶지 않아서 그 고통스러운 삶을 용감하게 받아들였어요. 오, 하느님, 나는 중립을 지켰고 남편에게 충실했어요.

당신은 내 삶에 힘이 되었어요. 당신이 옆에서 불어넣어 주는 힘이 없었다면 나는 이미 오래전에 무너졌을 거예요. 나는 내면에서 고통 받고 있었으니까요. 당신은 내가 죄를 짓게 만든 장본인이기도 하지만 내가 아내로서의 의무를 잘 수행할 수 있게 만든 원동력이기도 했어요. 아이들 경우도 마찬가지였어요. 아이들에게서 무언가 빼앗은 것 같아서 한껏 잘해주려고 노심초사할 수밖에 없었거든요.

그때부터 내 삶은 끊임없는 고통의 연속이었어요. 하지만 나는 그걸 즐겼어요. 내 스스로 어머니로서의, 성실한 아내로서의 의무를 다하지 않는다고 느끼면서 내 가슴속에는 죄책감이 자리 잡았지요. 그래서 나는 내 의무 이상을 하려고 항상 노력했어요. 유혹에서 벗어나려고 나는 마들렌을 당신과 나 사이에 놓고 둘을 맺어주려 했어요. 그 애를 방벽으로 삼으려 한 거지요.

하지만 그 방벽도 소용이 없었어요. 당신이 내게 일으키는 그 울림을 막을 수 없었으니까요. 당신이 내 곁에 있건 없건 똑같은 힘을 발휘하는 그런 울림이었어요. 아무리 당신이 내 딸 마들렌의 남편이 될 사람이라고 생각해도 갈등을 느끼지 않을 수 없었어요. 내가 당신을 만났을 때 나는 스물여덟 살이고 당신은 스물두 살이었다는 생각을 하며 둘 사이의 거리를 좁히고 헛된 희망을 품곤 했지요. 펠릭스, 내가 이런 고백을 하는 것은 당신에게서 양심의 가책을 덜어주기 위해서예요. 나도 무심하지 않았다고, 사랑의 아픔은 우리 둘 모두에게 똑같았다고 말해주기 위해서인지도 모르겠어요. 그리고 나도 아라벨만큼 당신을 사랑했다고 말해주기 위해서인지도 모르겠어요.

그래요, 나도 남자들이 그토록 사랑하는, 타락한 종족의 딸이었어요. 한동안 내 안의 갈등이 너무 심해서 매일 밤새도록 울었답니다. 머리카락이 우수수 빠질 정도였어요. 당신에게 준 머리카락은 바로 그때 빠진 것들이에요.

당신의 영국 여인과의 사랑? 그건 나 자신도 미처 모르던 비밀을 내게 일깨워주었어요. 내가 생각하고 있던 것 이상으로 당신을 사랑하고 있다는 것! 그러자 마들렌은 내 생각에서 사라져버렸어요. 나는 끊임없이 흔들리는 불안정한 삶을 살 수밖에 없었고 종교에만 기대어 나를 다잡으려 노력했어요. 그러면서 나는 서서히 죽음으로 이끄는 병을 맞게 되었던 거예요.

어머니로부터 당신과 레이디 더들리의 관계에 대한 소식을 듣던 그날부터 당신이 이곳으로 돌아온 날까지 두 달 동안, 나는 질투심과 분노에 사로잡혀 격심한 혼란 속에 살았어요. 나는 파리로 가려 했고, 그 여자가 죽기를 바랐어요. 아이들의 다정한 손길에도 무감각해졌고요. 그때까지 나를 위로해주던 기도도 아무 효력이 없었어요.

그 질투가 틈새를 열고 죽음을 들여보냈죠. 그럼에도 불구하고 나는 겉으로 태연한 표정을 보였어요. 그런 갈등은 하느님과 나 사이의 비밀이었기 때문이에요. 내가 당신을 사랑하는 만큼 당신도 여전히 나를 사랑한다는 것, 나를 배신한 것은 당신의 마음이 아니라 당신의 본능뿐이라는 것을 알았을 때…… 그래요, 그때 나는 살고 싶어졌어요. 하지만……. 하지만……. 이미 늦은 후였죠. 하느님이 이미 저를 당신의 보호 아래 거두시기로 하신

뒤였어요.

이제 부탁을 드리겠어요. 모르소프 백작은 아마 우리를 용서할 거예요. 하지만 우리 스스로 우리가 저지른 잘못을 바로 잡아야 해요. 물론 내 잘못이 더 크지만요. 백작을 돌봐주고 사랑해주세요. 당신이 아니라면 그는 그 누구의 사랑도 받지 못할 거예요. 그리고 그와 애들 사이에 중재자 역할을 해주세요.

그 역할이 그리 오래가지는 않을 거예요. 자크는 곧 집을 떠나 파리의 할아버지 곁으로 갈 거예요. 당신은 그 애를 잘 인도해주겠다고 약속했지요.

마들렌은 언젠가 결혼하게 되겠지요. 당신이 그 애 마음에 들어야 할 텐데……. 그 애는 나와 빼닮았어요. 게다가 내게는 부족했던 의지와 활동력도 있어요. 정치 생활의 폭풍에 시달릴 남자에게는 꼭 필요한 덕목이지요. 당신과 그 애가 맺어진다면 그 애는 어머니보다 행복한 여인이겠지요? 그렇게 되면 당신은 클로슈구르드에서 내가 시작했던 사업을 계속할 수 있을 거예요. 그러면 내가 지은 잘못도 속죄받을 수 있겠지요? 물론 자비로

우신 하느님께서는 이미 나를 용서하시긴 했지만요.

이런 부탁을 하다니 나는 여전히 이기적이지요? 하지만 사랑은 원래 그런 것 아니겠어요? 언제나 홀로 군림하고 싶어 하지요. 홀로 독점하고 싶어 하지요. 나는 내 가족들을 통해서 당신의 사랑을 받고 싶어요. 내가 당신의 것이 될 수 없었기에 당신에게 내 가족들을 향한 의무를 남기고 떠납니다.

안녕, 사랑하는 이여! 이것이 아직 의식이 있을 때 전하는 작별인사입니다. 당신에게서 큰 기쁨을 얻은 영혼이 전하는 작별인사이지요.

나는 이제 안식처에 거의 도달했어요. 하지만 조금은 미련이 남은 것 같아 마음이 떨리기도 해요. 내가 신성한 계율을 제대로 실천했는지는 하느님께서 판단해주시겠지요. 나는 자주 흔들렸지만 넘어지지는 않았어요. 내게 내 죄를 변명할 이유가 있다면 나를 둘러싼 유혹이 너무 컸다는 것입니다. 나는 마치 유혹에 빠졌을 때처럼 죄책감에 떨며 하느님 앞으로 나아갈 거예요.

마지막으로 안녕! 어제 우리의 아름다운 골짜기에 해주

었던 인사를 당신에게 그대로 전해요. 나는 곧 그 골짜기 품에 안겨 쉬게 될 거예요. 당신이 그곳에 자주 와주리라 믿으며…….

앙리에트

아, 가엾은 앙리에트! 클로슈구르드와 지기 딸을 내게 주려고 했었다니!

나탈리, 저 고귀한 앙리에트의 시신이 공동묘지에 묻힌 이후, 햇빛이 밝고 따스하게 비치는 가운데도 나는 어둠 속에 있었다. 그 밝음을 볼 수 없었으며 그 따스함을 느낄 수 없었다. 밤은 더 어두웠고 나의 행동과 생각은 그 어두운 밤처럼 둔해지고 무거워졌다. 나는 땅을 오랫동안 응시한 다음 어두운 얼굴로 하늘을 올려다보는 일이 많아졌다. 그러니 당신의 정성스런 눈길과 손길에도 내가 입을 열지 않고 있을 때 "무슨 생각해요?"라고 묻지 않기를 바란다.

이제 이 비극이 있은 뒤의 사건들에 대해 이야기해야겠다.

나는 백작 부인의 부탁대로 클로슈구르드로 갔다. 백작은 자신이 곧 죽을 것이라고 말하면서 정붙일 곳이 없음을 한탄했다. 그는 내게 아내를 생각해서 친구가 되어달라고 간청했다. 그러나 그는 줄곧 자신의 이야기만 했다. 또한 그는 이 시대 가장 위압적인 인간형인 '망명귀족'의 전형적 모습을 내게 보여주었다. 그는 겉으로 보기에는 쇠약하고 지쳐 있었지만 검소한 생활 습관과 전원생활 덕분에 생명이 끈질기게 그에게 붙어 있었다. 내가 글을 쓰는 이 순간에도 그는 아직 살아 있다.

나는 마들렌에게 넌지시 어머니의 뜻을 전했다. 하지만 그녀는 완강했다. 그녀는 북받치는 감정에 떨리는 목소리로 내게 말했다.

"아저씨, 저는 아저씨 생각을 다 알고 있어요. 하지만 아저씨와 결혼하느니 차라리 저 앤드르강에 뛰어들겠어요. 제발 제가 있는 동안에는 어머니를 생각해서라도 이곳에 오지 말아주세요. 저를 배려해달라는 말이 아니에요. 그런 걸 원치 않을 어머니를 생각해서라도 그렇게 해주세요. 아직 어머니 이름이 아저씨께 그 정도 위력은 발휘하겠지요? 아저씨를 보기만 해도 저는 이루 말할 수 없이 온몸이 떨리고 흔들려요."

마들렌은 내가 이런 비극의 가해자인지 피해자인지 따지지도 않고 나를 증오했다.

마들렌이 현관문을 통해 사라지자 나는 매우 상심한 채 이 골짜기에 처음 왔을 때처럼 앵드르강의 우안(右岸)을 따라 파리를 향해 떠났다. 나는 더 이상, 1814년에 지친 몸으로 이곳을 걸어가던 이전의 내가 아니었다. 이제는 부자였고, 유망한 정치인이었다. 하지만 아무것도 지닌 게 없던 예전의 나는 욕망으로 가득 차 있었다. 이제는 눈에 눈물만 가득했다. 전에는 내 삶을 채울 준비가 되어 있었지만 이제는 모든 것이 텅 빈 것 같았다. 나는 아직 매우 젊었다. 하지만 겨우 스물아홉 살에 내 가슴은 이미 시들어버렸다. 불과 몇 년 만에 이곳 풍경은 처음 보았을 때의 웅장함을 잃어버렸으며 나를 감탄하게 하지 못했다. 나는 모든 것에 환멸만 느낄 뿐이었다.

파리에 도착했을 때 나는 깊은 슬픔에 짓눌려 내가 어디로 향하는지 생각조차 하지 않았다. 레이디 더들리도 완전히 잊고 있었다. 그런데 내 발길은 나도 모르게 어느새 그녀의 집 마당으로 들어서고 있었다. 습관이 빚은 실수였다. 기왕에 벌어진 실수, 수습할 수밖에 없었다. 나는 그녀의 집에서 남편처럼 행동했었기에 곧바로 거실로 올라갔다. 결별을 선언한다는 것이 얼마나 귀찮은 일인가 하는 생각뿐이었다.

하인이 여행복 차림의 나를 거실로 안내했을 때 나는 얼마나 당황했는지! 그녀는 화려하게 차려입은 채 다섯 명의 손님에 둘러싸여 있었다. 영국에서 가장 높은 원로 정치가 중의 하나인 더들리 경이 거만하고 차가운 표정으로 벽난로 앞에 서 있었다.

아라벨은 나를 보자 거만한 표정으로 바라보았다. 웬일로 자기 집에 왔냐고 묻는 것 같은 표정이었다. 그녀는 처음 소개받는 시골 귀족을 바라보는 듯 나를 위아래로 훑어보았다. 우리의 관계, 영원한 사랑, 사랑을 잃으면 죽겠다는 약속, 쾌락의 환상, 이 모든 것들이 꿈결처럼 사라졌다. 나는 그녀와 악수를 나눈 적도 없는 전혀 낯선 사람이었다. 그녀와 나와의 관계는 그것으로 끝이었다.

그때부터 그 어떤 여자에게도 관심을 주지 않기로 나는 결심했다. 아무리 재치 있고 아름다운 여자라도, 아무리 다정한 여인이라도 나는 눈길 한 번 주지 않았다. 그 결과 나는 놀라운 정신적 평화를 얻었고 일에 집중할 수 있었다. 여자들의 달콤한 말 몇 마디에 귀를 기울인 대가로 우리는 우리의 삶을 얼마나 낭비할 수 있는지를 깨달았다.

　하지만 나의 결심은 실패로 끝났다. 당신을 만났기 때문이다. 당신은 내가 어떻게, 그리고 왜 내 결심을 무너뜨리게 되었는지 잘 알 것이다. 사랑하는 나탈리, 내 자신에게 고백하듯이 내 젊은 시절의 일을 꾸밈없이 털어놓음으로써 당신의 섬세하면서 질투심 많은 마음 한 구석에 상처를 주었을지도 모른다. 하지만 당신은 저속한 여자가 아니다. 저속한 여자라면 나의 이런 과거에 대해 화를 낼 것이다. 하지만 당신에게는 나를 사랑할 또 다른 이유가 될 것이다.

　당신은 훌륭한 여성이다. 내 영혼은 고통 받았고 병들었으며 당신은 그 상처를 치유해줄 것이다. 당신은 어머니의 마음으로 나를 용서해줄 것이다. 예술가들과 위대한 시인들만 고통을 받는 것이 아니다. 조국을 위해서, 민족의 장래를 위해서 사는 사람들도 견디기 힘든 고독 속에 살기 쉽다. 그들도 열정에 사로잡혀 깊은 생각에 잠기기 때문이다. 그들은 가까이에서 위로해줄 순수하고 헌신적인 사랑을 필요로 한다. 그리고 그들은, 제발 믿어주길 바라지만, 그런 사랑이 얼마나 고결한 것이지 그 가치를 잘 알고 있다. 내일이면 내가 당신을 사랑한 것이 잘못인지 아닌지 알게 되겠지.

펠렉스 드 방드네스 백작님께 나탈리가

친애하는 백작님, 당신 말대로 저 가엾은 모르소프 부인의 편지는 당신이 세상에 진출하고 출세하는 데 큰 도움이 되었지요. 그렇다면 제 편지는 당신 교육을 완성하는 데 도움이 되었으면 좋겠네요.

제발 한심한 버릇을 버리세요. 제발, 두 번째 남편 앞에서 죽은 첫 번째 남편 이야기를 하면서 죽은 이를 칭찬하는 과부처럼 굴지 마세요. 사랑하는 백작님, 저는 프랑스 여자랍니다. 저는 사랑하는 남자와 결혼하고 싶지 결코 모르소프 부인과 결혼하고 싶지는 않답니다.

당신 편지를 읽어보니 당신은 두 여인을 모두 괴롭혔군요. 레이디 더들리 앞에서는 모르소프 부인의 미덕들을 자랑하면서 그녀를 성가시게 했고, 백작 부인 앞에서는 영국식 사랑의 기교를 과시해서 백작 부인을 상심하게 만든 것 아닌가요? 게다가 저라는 가엾은 여인, 당신 맘에 들었다는 것 외에는 아무 장점도 없는 저는 조금도 배려하지 않으셨더군요. 제가 앙리에트나 아라벨처럼 당신을 사랑하지는 않는다고 간접적으로 지적하신 셈 이지요.

저는 제 단점을 잘 알고 있고 또 인정해요. 그렇다고 그걸 그토록 거칠게 확인시켜주셔야 했나요? 제가 지금 누구에게 연민을 느끼는지 아세요? 바로, 당신이 사랑 하실 세 번째 여자랍니다. 그 여자는 앞의 두 명과 싸울 수밖에 없으니까요. 저는 그걸 미리 예방하기 위해 당신 을 사랑한다는 영예는 포기하겠어요. 당신을 사랑하려 면 그리스도교나 영국 국교에서 강조하는 미덕들을 갖 추어야만 하는데, 저는 유령들과 싸우면서 그들을 이길 의향이 전혀 없어요.

클로슈구르드의 성모가 지닌 덕성은 아무리 자신이 도 덕적이라고 자랑하던 여인이라도 열등감에 빠뜨릴 것 이며, 그 용감한 아마조네스는 행복을 꿈꾸는 여인의 열 정을 좌절시킬 거예요. 어떤 여자가 어떻게 하던 간에 당신이 바라는 만큼의 기쁨은 줄 수 없을 거예요. 마음도, 육체도 당신이 지닌 추억을 극복할 수 없어요.

소중한 친구여,─우리는 앞으로도 계속 친구일 테니까요─앞으로 이런 고백은 그 누구에게도 제발 하지 마세요. 당신의 환멸 앞에 사랑은 꺾이고 말 것이며, 당신을 사랑하려던 여인은 자신감을 잃어버리게 될 테니까요.

백작님, 사랑은 신뢰가 생명이랍니다. 말 한마디 하기 전에, 혹시 내가 앙리에트보다 말을 못 하는 건 아닌지 생각하게 되는 여자, 말 위에 올라타기 전에, 아라벨이라면 더 우아하게 말을 타지 않았을까 의식하는 여자는 분명 혀와 다리가 떨릴 거예요. 그 어떤 여자도 당신이 마음속에 간직한 죽은 여자와 나란히 지내고 싶어 하지 않는다는 것을 명심하세요.

실제로 저는 자비를 베풀기 위해 많은 일을 하고 있어요. 하지만 사랑은 예외이지요. 사랑을 어떻게 자비롭게 하란 말인가요? 당신은 때때로 사람들을 지루하게 하고 당신도 지루함을 느끼지요. 그리고 당신의 슬픔을 우수(憂愁)라고 멋지게 부르죠. 좋을 대로 하세요. 하지만 지긋지긋해요. 당신을 사랑하는 여인에게 쓰디쓴 근심을 안겨줄 뿐이랍니다.

저는 당신을 만나면서 당신과 나 사이에 있는 그 성녀의 무덤과 자주 부딪혔어요. 하지만 아무리 생각해봐도 저는 그분처럼 죽고 싶지 않아요. 당신은 그렇게 세련된 레이디 더들리도 지치게 했는데 그녀처럼 열렬한 욕망을 느끼지 못하는 저는 훨씬 빨리 식어버릴까봐 걱정이고요. 암튼 사랑의 기쁨을 죽은 여인들과 함께 누릴 수밖에 없다면, 우리 사이에 사랑일랑 집어치우고 친구로 남자고요. 이게 제가 바라는 거랍니다.

세상에, 백작님! 정말 끔찍해요. 당신은 인생에 입문하는 시기에 사랑스런 여인을 얻었어요. 그 완벽한 여인은 당신을 출세시켜 주고 귀족원 의원이 되게 해주었어요. 그녀는 당신을 끔찍이 사랑하면서 그 대가로는 절개를 지켜달라고 요구했을 뿐이에요. 그런데 당신은 그분을 슬픔으로 죽게 만들었어요. 세상에 그보다 더 흉측한 일이 어디 있겠어요. 당신이 지금 알게 모르게 누리고 있는 특권의 반만이라도 누리게 해주겠다고, 조건은 딱 하나 10년만 정숙해달라는 것뿐이라고 한다면 파리의 모든 젊은이들이 그러겠다고 달려들 거예요. 백작님, 그만큼 사랑을 받았으며 됐지, 뭘 더 욕심내는 거예요? 가엾은 여인! 그분이 얼마나 가슴이 아팠을까! 그런데 당신은 감상적인 말 몇 마디로 그분을 죽인 죄를 씻었다고 생각하시는군요. 당신을 향한 내 애정도 그런 식으로 보답 받을 게 뻔해요. 사양하겠습니다, 백작님. 저는 무덤 이편이건 저편이건 연적은 원치 않아요.

백작님, 당신이 지은 죄가 양심을 괴롭히고 있다면 적어도 입 밖에는 내지 말아야지요. 제가 강요해서 털어놓았다고요? 그래요. 저는 이브의 딸에 걸맞은 역할을 다하느라 당신께 경솔한 요구를 한 거예요. 하지만 당신은 당신 나름대로 이런 솔직한 답변을 하면 어떤 반응이 올지 한번 그 결과를 가늠해보고 싶었겠지요. 제게 거짓말을 하지 그러셨어요? 후에 저는 당신께 고맙다는 인사를 했을 거예요.

여자들로부터 사랑을 듬뿍 받는 남자들의 미덕이 어떤 건지 아세요? 처음으로 사랑을 느낀다고, 누구도 사랑한 적이 없다고 맹세하는 게 바로 그 미덕이에요. 그들은 너그럽고 인간적이지요. 그들은 여자들이 할 수 있는 것을 요구하고, 그것을 실제로 하게 만들어요. 하지만 당신은 불가능한 걸 요구하고 있답니다. 동시에 모르소프 부인과 레이디 더들리가 되라고요? 물과 불을 합치라는 것 아닌가요? 당신은 여자를 그렇게 모르나요? 그래요. 당신이 레이디 더들리를 제대로 알기에는 그녀를 너무 일찍 만났어요. 내가 보기에 당신은, 자존심이 상해서 복수를 하려고 그녀 험담을 하는 것 같아요. 모르소프 부인의 마음을 너무 늦게 헤아렸어요. 레이디 더들리는 모르소프 부인이 아니라는 이유로 벌을 받았고 모르소프 부인은 레이디 더들리가 아니라는 이유로 고통을 받았어요. 둘 다 아닌 저는 어떻게 될까요?

저는 당신을 좋아하니까 당신의 앞날에 대해 곰곰 생각해 봤어요. 저는 당신을 정말 좋아해요. 슬픈 얼굴의 돈키호테 같은 당신의 표정에 뭔가 이끌렸거든요. 저는 우울한 사람들에게는 한결같은 게 있다고 믿었어요. 그런데 당신이 사회에 발을 들여놓자마자 가장 아름답고 덕 있는 여인을 죽였다는 사실은 몰랐어요. 당신이 이제 어떻게 하면 좋을까? 저는 정말 곰곰이 생각해봤어요.

좋은 상대가 있어요. 사랑에 대해, 열정에 대해 아무것도 모르는 여자, 레이디 더들리나 모르소프 부인에게 무관심한 여자, 당신 혼자 우수에 빠져 지루하게 내버려두어도 아랑곳하지 않는 여자, 당신이 바라는 수녀의 역할을 훌륭히 해낼 그런 여자와 결혼하세요. 아마 소설 속에는 그런 여자가 있을 거예요.

하지만 친애하는 백작님, 말 한마디에 몸을 떨면서 행복을 기대하는 여인과 사랑을 주고받는 일, 열애의 폭풍을 경험하면서 사랑하는 여인의 작은 허영심을 채워주면서 행복을 맛보는 일, 이런 것들은 포기하세요.

당신은 젊은 여자들에 관한 당신의 수호천사의 조언을 아주 잘 따르고 지켰어요. 하지만 그녀들을 너무 잘 피한 나머지 그 속은 알 턱이 없게 되었지요. 모르소프 부인이 당신을 처음부터 높은 자리에 앉히기를 정말 잘했어요. 만일 그렇지 않았다면 모든 여성들이 당신에게 앙심을 품고 달려들어 당신은 설 자리를 잃어버렸을 거예요. 출세는 물 건너갔겠지요.

당신이 여자에 대한 공부를 지금 시작하기에는 이미 너무 늦었어요. 우리 여성들이 듣고 싶은 말 하는 법을 배우기에도 늦었고 필요할 때 아량을 베푸는 법, 우리가 옹졸해졌을 때 그 옹졸함마저 사랑하는 법을 배우기에는 이미 늦었어요.

이보세요, 백작님. 우리 여자들은 당신이 생각하는 만큼 그리 바보가 아니랍니다. 우리가 사랑할 때는 우리가 선택한 남자를 모든 것들 위에 놓지요. 함께 우월해지는 거예요. 그리고 우리가 우월하다는 믿음이 흔들릴 때 우리의 사랑도 흔들린답니다. 사랑하는 남녀는 서로를 치켜세워야만 하는 거예요. 그러면서 자신도 함께 올라가는 거지요.

사교계에 계속 드나들면서 여성들과의 교제를 즐기고 싶다면 제게 이야기해준 것들을 꽁꽁 숨기세요. 여성들은 바위 위에 사랑의 꽃을 심는 것에는 별 감흥을 느끼지 못해요. 상대방의 병든 가슴을 치유해준다고 어루만져주는 일에도 별 관심도 없고요. 당신이 그런 이야기를 해주면 모든 여자들은 당신의 가슴이 메말랐음을 눈치채게 되겠지요. 그러면 결과는 뻔해요. 당신은 외로워지고 불행해지는 거지요. 저처럼 이런 이야기를 해드릴 만큼 솔직한 여자, 당신과 친구로 남자고 하면서 원한을 갖지 않고 이별할 만큼 마음씨 좋은 여자는 거의 없을 거예요.

당신의 충실한 친구, 나탈리 드 마네르빌

『골짜기의 백합』을 찾아서

발자크의 『고리오 영감』을 먼저 읽은 사람이라면, '과연 『골짜기의 백합』도 발자크 작품이 맞는가?'라는 생각을 잠깐 하게 될지도 모른다. 『고리오 영감』은 우리의 마음을 편치 못하게 해줄 정도로 타락한 사회, 타락한 속물들의 세계를 있는 그대로 그렸다. 순수하기 그지없는 주인공 '고리오 영감'을 그가 너무 순수했기에 오히려 딸들을 너무 타락시킨 것으로 그렸다. 그게 엄연한 현실이기 때문이다. 타락한 세계에서 진짜로 타락하지 않기 위해서는 타락에 어느 정도 몸을 담가야 한다는 역설적 교훈을 그 소설은 우리에게 주기도 한다.

그런데 『골짜기의 백합』에서 작가는 우리를 도저히 믿기 어려운 성스러운 여자 곁으로 데려간다. 바로 작품의 여주인 공인 모르소프 백작 부인이다. 고리오 영감이 부성애(父性愛) 의 전형이라면 그녀는 모성애(母性愛)의 전형이다. 그뿐이 아니다. 그녀는 모든 어려운 상황을 인내하며 남에게 헌신하는 성스러운 여자다. 그녀는 사랑하는 남자와는 정신적인 교감만을 나눌 뿐 결코 선을 넘지 않는다. 그녀는 늘 하느님께 기도하며 하느님을 주인으로 섬기는 신앙심이 깊은 여인이다. 그뿐인가? 그녀는 소설의 남주인공에게 올바른 삶의 지침을 가르쳐 주면서 정신적인 스승 노릇도 한다. 그녀는 자신의 충고를 '노블레스 오블리주(지위가 높으면 덕도 높아야 한다)'라는 표현으로 압축하는 아주 도덕적인 인물이다. 그것만으로도 그녀는 우리에게 감동을 준다.

그러나 그녀가 우리에게 진정으로 감동을 주는 것은 그 때문이 아니다. 발자크는 그의 방대한 연작 시리즈 『인간극』 「서문」에서 이렇게 썼다.

"앵드르강의 한 계곡에서 모르소프 부인과 정념 사이에 벌어지는 전투는 이 세상 어떤 유명한 전투들보다 더 위대할지 모른다."

대단한 자부심이다. 자신이 창조한 인물 내부에서 벌어지고 있는 싸움을 역사상 가장 유명한 그 어느 전투보다 더 위대하고 치열하다고 말하다니! 왜 그 싸움이 위대한 것일까? 그녀가 말 그대로 희생정신으로 충만해 있는 성스러운 여자만은 아니기 때문이다. 그녀도 육체를 가진 인간으로 그려져 있기 때문이다. 그녀가 마지막에 「펠릭스에게 보낸 편지」에서 그녀는 펠릭스를 만난 후 끊임없는 갈등을 겪었고 죄책감을 느꼈다고 고백하고 있다. 또한 죽음을 앞두고 그녀는 인간적 욕망의 포로가 된 모습을 보여준다. 그녀 내부의 싸움은 천사와 악마의 싸움이며 하늘과 땅의 싸움이고 영혼과 육체의 싸움이다. 이 세상에 그보다 더 크고 치열한 싸움이 있을 수 있을까?

예수님도 십자가에 못박힌 순간, "주여, 나를 버리시나이까!"라고 부르짖었다. 예수님이 인간적인 모습을 드러내는 순간이다. 그러나 예수님은 그 때문에 더욱 우리 곁에 가까이 오시게 되고 더욱 위대해진다. 모르소프 부인도 마찬가지다. 그녀는 내적 갈등을 겪지 않은 성녀가 아니다. 그녀는 내적 갈등을 겪었기에 더 위대해진 성녀다. 그녀를 발자크가 창조한 인물들 중 가장 돋보이는 인물이라고 사람들이 평하는 것은 그 때문이다. 모르소프 백작 부인은 우리가 도저히 범접하기 어려운 성녀가 아니라 언제나 우리 곁에 있는 성녀다.

그녀로부터 사랑을 받은 소설의 주인공 펠릭스는 천상의 사랑을 맛본 행복한 남자다. 그러나 그는 모르소프 부인을 배신한다. 모르소프 부인에게서 영혼의 사랑을 맛보면서 동시에 육체적 욕망을 느꼈기 때문이다. 그는 그녀에게서 그 욕망을 충족시키지 못한다. 그는 결국 파리에서 더들리 부인과 관능적인 사랑에 빠진다. 그는 한 남자가 사랑이라는 이름으로 경험할 수 있는 양 극단, 지고지순한 사랑과 더없이 관능적인 사랑을 모두 맛본 남자다. 지고지순한 사랑은 영혼에게 기쁨을 주고 관능적 사랑은 육체적 쾌락을 가져다준다. 그 둘을 모두 맛본 그는 지극히 행복한 남자일까? 그렇지 않다. 고통스럽다. 그 둘 사이에서 찢기기 때문이다.

『아프니까 청춘이다』라는 책이 젊은이들에게 큰 인기를 끌었던 적이 있다. 제목부터 매혹적이다. 젊은이의 아픔을 이해해주고 위로해주는 제목이다. 하지만 제목이 뜻하는 것은 그 이상이다.

젊음이 왜 아플까? 미래가 불확실해서일까? 아직 감수성이 예민해서일까? 그럴 수도 있다. 하지만 젊음의 진짜 아픔은 불확실함에서만 오는 게 아니다. 아직 감수성이 예민하기 때문에만 오는 것이 아니다. 청춘은 찢기고 있기 때문에 아프다. 『골짜기의 백합』의 두 남녀 주인공처럼 천상의 사랑과 육체적 욕망 사이에서 찢기고 있기 때문에 아프다. 이상과 현실 사이에서 찢기고 있기에 아프다. 아직 땅에 완전히 내려앉지 않았기에 아프다. 그 찢김을 경험하지 못한 청춘, 고개를 하늘을 향해 한번도 들어보지 않고 일찌감치 시선을 땅으로 향해 버린 젊음은 아프지 않다. 아니, 그건 이미 젊음이 아니다.

이 소설은 전형적으로 젊은이들을 위한 소설이다. 아직 이상을 향하여 고개를 들고 있으면서 현실에 땅을 딛고 있음을 자각하기 시작한, 거기에서 아픔을 느끼는 젊은이들을 위한 소설이다.

『고리오 영감』을 발표한 이듬해인 1836년에 출간한 『골짜기의 백합』은 연애 소설이다. 이 소설을 뒤에 나온 모든 연애 소설들의 전범이라고 평가하는 사람이 많을 만큼 뛰어난 연애 소설이다. 그런데 아주 묘하다. 이 소설을 읽고 나면 '그래, 이게 바로 바람직한 사랑이야'라고 고개를 끄덕이게 만들지는 않는다. '나도 이런 사랑 해봐야지'라고 결심하게 만들지도 않는다. 모르소프 백작 부인의 사랑과 레이디 더들리의 사랑 사이에서 갈등을 느끼던 독자는 작품 마지막 「나탈리의 편지」를 읽고 당혹감에 빠질 수도 있다. 또는 그녀의 이야기에 공감할 수도 있다. 모두 그럴듯한 것 같기도 하고 모두 아닌 것 같기도 하다.

결국 이 아름다운 사랑 이야기는 우리에게 사랑을 가르쳐 주기보다는 '사랑이 도대체 뭐지?'라고 우리를 질문하게 만든다. 인류의 위대한 스승들의 책이 '이렇게 사는 게 올바르게 사는 거야'라고 답을 주기보다는 '어떻게 사는 게 올바르게 사는 거지?'라고 질문하게 만드는 것과 같다.

왜 그럴까? 삶이나 마찬가지로 사랑에는 정답이 없기 때문이다. 정답을 알았다고 생각하는 순간 사랑은 우리에게서 도망가기 때문이다. 연애에 통달하고 있는 사람이 남들 연애에 도움을 줄 수 있을지는 몰라도 정작 자신은 연애를 못하는 경우가 많은 것은 그 때문이다. 정신 차리고 있는 사람에게 사랑은 오지 않는다. 사랑은 언제나 정신없이 찾아와 정신없이 가 버린다. 정신 차릴 겨를도 없고 계산할 겨를도 없다.

하지만 아무에게나 오는 게 아니다. 사랑할 준비가 되어 있는 사람에게만 온다. '사는 게 뭐지?'라고 질문하는 사람에게만 삶의 의미가 드러나듯이 '어떻게 해야 진짜 사랑을 해볼 수 있지?'라고 질문하는 사람에게만 사랑은 찾아온다. 그 열망이 간절한 사람에게만 사랑은 찾아온다. 우리가 연애 소설을 읽는 것은, 소설이 전하는 감동과 함께 그 준비를 하기 위해서이지 사랑에 대해 잘 알기 위해서가 아니다. 『골짜기의 백합』이 연애 소설의 전범인 것은 우리에게 그런 준비를 시켜 주는 소설이기 때문이다.

『골짜기의 백합』의 무대는 투르 가까이 있는 루아르강변 아름다운 성이다. 그래서 이 소설에는 발자크의 자전적인 요소가 많이 들어 있다. 발자크 자신이 프랑스의 정원으로 일컬어지는 아름다운 루아르강 유역의 도시 투르에서 출생했다. 그의 원래 성은 '발사(Balssa)'이지만, 아버지 때부터 귀족처럼 드 발자크라는 성을 갖게 되었다. 어머니는 파리의 상인 집안 출신이었고 아버지는 농민 출신이었는데, 프랑스혁명시대의 혼란기를 틈타 관리로 출세했으며, 투르는 그 임지(任地)였다. 발자크가 어린 시절은 나폴레옹이 전 유럽에 군림하던 무렵이었다. 발자크의 16세에 이르렀을 때 나폴레옹은 이미 권좌에서 물러나 있었지만 발자크는 계속 나폴레옹을 숭배했다. 그는 내심 나폴레옹이 칼로써 이룩하지 못한 것을 펜으로 이룩하겠다는 뜻을 가지고 있었다. 발자크는 17세 되던 해 가을부터 아버지의 권유에 따라 소르본대학에서 법률을 공부하는 한편, 변호사와 공증인(公證人) 사무소에서 법률실무를 3년간 배웠다.

그러나 그의 야심은 문학자가 되는 것이었다. 그는 졸업 직전에 대학을 중퇴하고 초라한 변두리 다락방에 틀어박혀 습작 생활로 들어갔다. 그는 운문 비극도 쓰고 10여 편의 장편도 썼다. 또한 인쇄·출판·활자주조에도 손을 댔으나 크게 실패했다. 이러한 역경에도 그를 위로하고 격려해준 사람은 20여 세나 연상인 헌신적인 애인 베르니 부인이었다. 소설『골짜기의 백합(*Le Lys dans la Vallée*)』(1835)은 베르니 부인과의 애정을 소재로 쓴 서정적 작품이다. 베르니 부인이 죽은 후, 그는 폴란

드의 귀족 한스카 부인이 발자크의 남은 반생을 지배했으며, 그는 죽기 직전에 그녀와 결혼했다.

1829년에 소설 『올빼미 당원(Les Chouans)』으로 문단에 첫걸음을 내디딘 그는 이어서 왕성한 소설 집필에 들어간다. 왕성하다 못해 과도할 정도였다. 그는 매일 자정부터 열 시간 이상 집필에 몰두했다. 그런 후 오전에는 출판사의 채권자들의 독촉을 처리하고 몰아닥치는 교정지를 수정하며 보냈다. 그런 후 점심을 먹고 원고 교정 작업을 했으며 저녁에만 외식을 하고 사람을 만났다. 그리고 아주 짧게 잠을 잤으며 12시가 되면 다시 집필에 몰두했다. 매일 반복되는 과도한 노동에 그의 몸도 차츰 쇠진되어갔으며 1850년 8월 18일 51세를 일기로 세상과 하직한다. 그는 결혼하던 바로 그해 3월, 15년간 그의 후원자인 동시에 애인이었던 한스카 부인과 우크라이나에서 결혼식을 올렸다. 둘은 부부가 되어 5월 파리로 돌아왔지만 그는 8월 18일 위고의 방문을 받고 몇 시간 뒤에 사망한다.

『골짜기의 백합』 바칼로레아

1 작품의 주인공 모르소프 부인은 두 가지 면모를 지닌 여인이다. 우선 그녀는 도저히 믿기 어려울 정도로 성스러운 여인이다. 고리오 영감이 부성애의 전형이라면 그녀는 모성애의 전형이다. 그녀는 남을 위해 자신을 희생하며, 신앙심도 깊다. 게다가 소설 주인공 펠릭스의 정신적 스승 노릇도 한다. 하지만 그렇게 성스러운 그녀의 안에도 인간적인 애욕의 불길이 타고 있었으며 그녀는 그 모습을 죽음을 앞두고야 드러낸다.

여러분은 그 두 모습 중 어느 것이 모르소프 부인의 참모습이라고 생각하는가? 그녀 내부에 존재하는 두 개의 나 사이의 치열한 싸움은 여러분에게는 어떤 느낌으로 다가가는가?

2 소설에서 펠릭스 역시 찢기고 있는 존재다. 모르소프 부인을 사랑하면서 영혼의 기쁨을 느끼고 더들리 부인과의 관능적인 사랑에서는 육체적 환희를 맛본다. 여러분이 그 둘 중 하나를 택해야만 한디면 어느 사랑을 택할 것인가?

3 모르소프 부인은 파리로 가는 펠릭스에게 그곳에서의 처세술을 가르쳐준다. 그러나 그녀는 타락한 세상에서 타락을 배우며 살아가는 방법을 가르쳐준 것이 아니라, 노블레스 오블리주를 가르쳐준다. 품격과 덕을 지니고 살아가는 방법을 가르쳐준 것이다. 여러분은 타락한 세상에서 과연 품격과 덕을 지니고 살아갈 수 있다고 생각하는가? 품격과 덕을 지니고 살아가는 게 출세에 도움이 될 수 있다고 생각하는가?

골짜기의 백합

생각하는 힘: 진형준 교수의 세계문학컬렉션 22

펴낸날 **초판 1쇄 2018년 2월 1일**

지은이 **오노레 드 발자크**
옮긴이 **진형준**
펴낸이 **심만수**
펴낸곳 **(주)살림출판사**
출판등록 **1989년 11월 1일 제9-210호**

주소 **경기도 파주시 광인사길 30**
전화 **031-955-1350** 팩스 **031-624-1356**
홈페이지 http://www.sallimbooks.com
이메일 book@sallimbooks.com

ISBN 978-89-522-3818-4 04800
978-89-522-3842-9 04800 (세트)

※ 값은 뒤표지에 있습니다.
※ 잘못 만들어진 책은 구입하신 서점에서 바꾸어 드립니다.

이 도서의 국립중앙도서관 출판시도서목록(CIP)은 서지정보유통지원시스템 홈페이지
(http://seoji.nl.go.kr)와 국가자료공동목록시스템(http://www.nl.go.kr/kolisnet)에서
이용하실 수 있습니다.(CIP제어번호: CIP2017035122)

책임편집·교정교열 **오석하 이해욱**